大英图书馆
·侦探小说黄金时代经典作品集·

切尔滕纳姆广场疑案
THE CHELTENHAM SQUARE MURDER

[英]约翰·布德 著
张靖敏 译

中国青年出版社

序 言

《切尔滕纳姆广场疑案》初版于1937年,是约翰·布德的第4本侦探小说。同前几本小说一样——将故事背景设置于康沃尔、湖区、萨塞克斯丘陵等风景名胜区的创作思路——为小说增添不少吸引力,极大地引起了读者的兴趣。而这一次,布德离开了乡野田园,将故事投射于一个温泉小镇——谋杀就发生在切尔滕纳姆的一个广场上。因此真实性便成为本书最大卖点之一,当时的发行商力荐:"布德曾在切尔滕纳姆某个广场生活过,基于他对当地地形特征的熟悉,本书故事情节显得更加扑朔迷离。"

布德精心绘制了一幅摄政广场的草图,带领读者进入复杂多变的迷局;同时也为他笔下的侦探和读者们提供一个封闭的嫌疑人圈,这是"侦探小说黄金时代"最典型的创作写法。摄政广场上总共有10栋房子，一群友善但形形色色的住户在故事的开头——登场。

正如此类故事中惯常出现的情况（在现实生活中也常常如此）——在广场住户热忱和谐的表象之下，各种各样影响关系的紧张情绪在暗暗涌动。布德在第一章中便强调，这种紧张关系因为"他们生活在一个不常见的封闭的亲密环境中"而愈演愈烈。其中一名住户被谋杀了，而且作案手法很不寻常——他是被箭射中的。也许有读者觉得这会缩小嫌疑人范围，但事实却并非如此："广场右翼的住户全是射箭俱乐部的成员"。（顺便说一句，这并不是黄金时代唯一一本描写过射箭的侦探小说。在乔治·古德柴尔德与卡尔·贝克霍弗·罗伯茨合著的《我们放了一箭》中也有类似情节，该书在本书出版两年后问世。）

幸运的是，当地警方能向来自萨塞克斯郡警察局的梅瑞狄斯警司求助。梅瑞狄斯受侦探小说家奥尔德斯·巴尼特之邀正在广场度假，巴尼特为创作一本关于警察的小说，希望能从梅瑞狄斯的专业知识中受到启发。两人是在《萨塞克斯丘陵疑案》中认识的。和蔼可亲的朗督察素知梅瑞狄斯的名声，也并没有因为骄傲而拒绝合作（"你解决了坎伯兰郡敲诈案和拉瑟谋杀案……毕竟人多智广"）。但他们发现案件调查特别复杂，需要梅瑞狄斯的上级格外恩准他在切尔滕纳姆多待一段时间。

布德在犯罪发生之前先介绍主要嫌疑人，奠定一系列谋杀动机——而本书潜在的受害者不止一个。布德以"克劳夫兹①式"的风格详细记录细节，只是多了些幽默点缀。随着警方的调查，犯罪嫌疑焦点在摄政广场住户间转移，显然人人都有所隐瞒。在本书中，布德处理复杂故事线显得游刃有余，这也展现出其写作技巧日臻完善，正逐步成为成熟作家。

约翰·布德是欧内斯特·卡彭特·埃尔莫（1901~1957）创作侦探小说时采用的笔名。1919年，埃尔莫离开米尔希尔寄宿学校后，到切尔滕纳姆的一所秘书学院上学，在那里学会了打字。随后，他在莱奇沃斯的圣克里斯托弗学校当了几年体育老师，射箭正是那里学生们的日常活动之一。他对体育运动的热情（比如他年轻时喜爱的高尔夫）也在本书中对情节发展起到了推动作用。此外，他还负责学校里的戏剧活动，据称他在1925年有幸观看了一个名叫劳伦斯·奥利弗②的当地少年参演的学校戏剧《麦克白》。

---

① 弗里曼·威利斯·克劳夫兹（Freeman Wills Crofts），爱尔兰推理作家，其侦探小说风格深深影响着布德。
② 劳伦斯·奥利弗（Laurence Olivier），英国著名演员、导演，以其命名的劳伦斯·奥利弗奖是英国最高的戏剧奖项，与百老汇的托尼奖齐名。

因为对戏剧的浓厚兴趣，布德作为舞台监督加入了莉娜·阿什维尔①的巡回剧团。该剧团在教育剧和艺术补助普及之前便在英国各地进行巡演。布德还在汉普斯特德的大众剧院参演过多出戏剧，他早期的写作大多是在化妆室挤出时间进行的。

回到出生地梅德斯通镇后，布德专注于写作，也为当地戏剧协会创作剧本。在那里他遇到了妻子贝蒂，并于1933年结婚。当时他已经用原名出版了三本奇幻小说。搬到萨塞克斯的贝克利后，他继续为各种慈善机构创作剧本，以此作为写作期间的休息方式。此时他的侦探小说已相当成功，完全可以靠写作谋生了。

约翰·布德对工作和细节孜孜不倦的工匠精神，使其稳步发展成为一名成熟的侦探小说作家。虽然他在世时并未成为什么备受瞩目的人物，但他的朋友克里斯托弗·布什——"卢多维克·特拉弗斯"系列侦探小说创作者以《逃跑的老鼠案》一书向布德致敬，他在献词写道："愿他的名望与发行量并增。"

谁都不曾想到，在约翰·布德去世近60年后，大英图书馆"侦探小说黄金时代经典作品"系列收录的他的早期三部作品获得了如此高的人气。2015年12月，《泰晤士报》

---

① 莉娜·阿什维尔（Lena Ashwell），英国著名女演员、剧团经理、制片人，曾在一战期间为前线士兵组织过大规模的慰问演出。

的一篇报道详细介绍了这三本书重印之后引起的热潮，他的照片出现也出现在报道中。布德的女儿詹妮弗·斯莱为该文章写了引文。在此，我也要感谢她提供了父亲的信息，助我完成了这篇前言。

马丁·爱德华兹

英国警衔说明

由于"侦探小说黄金时代"系列小说的故事发生地主要在英国,书中机警睿智的侦探也以英国警察为主,所以在读者阅读本书之前我们先对英国的旧时警衔和称呼做一些简略介绍,以便读者更好地理解小说背景。

英国的旧时警衔主要分为5等(从高到低):

警察总监(Chief Constable);

警司(Superintendent)/总警司(Chief Superintendent);

督察(Inspector)/总督察(Chief Inspector);

警长(Sergeant);

警员(Constable)。

伦敦以外地区的警署还有以下几种职级(从高到低):警察局长(Chief Constable)、警察局副局长(Deputy Chief Constable)、助理警察局长(Assistant Chief Constable)。

另外,对于担任刑事调查部门或其他某些特别部门职务的警务人员,一般会在他们的职级之前加有"侦探(Detectives)"前缀,本书中译为"警探"。此类警务人员由于职责性质特殊,所以一般不穿制服,而着便衣执行任务。

在警务人员的升迁或训练等临时过程中,他们的职级还会加有"实习(Trainee)""临时(Temporary)""代理(Acting)"的前缀。

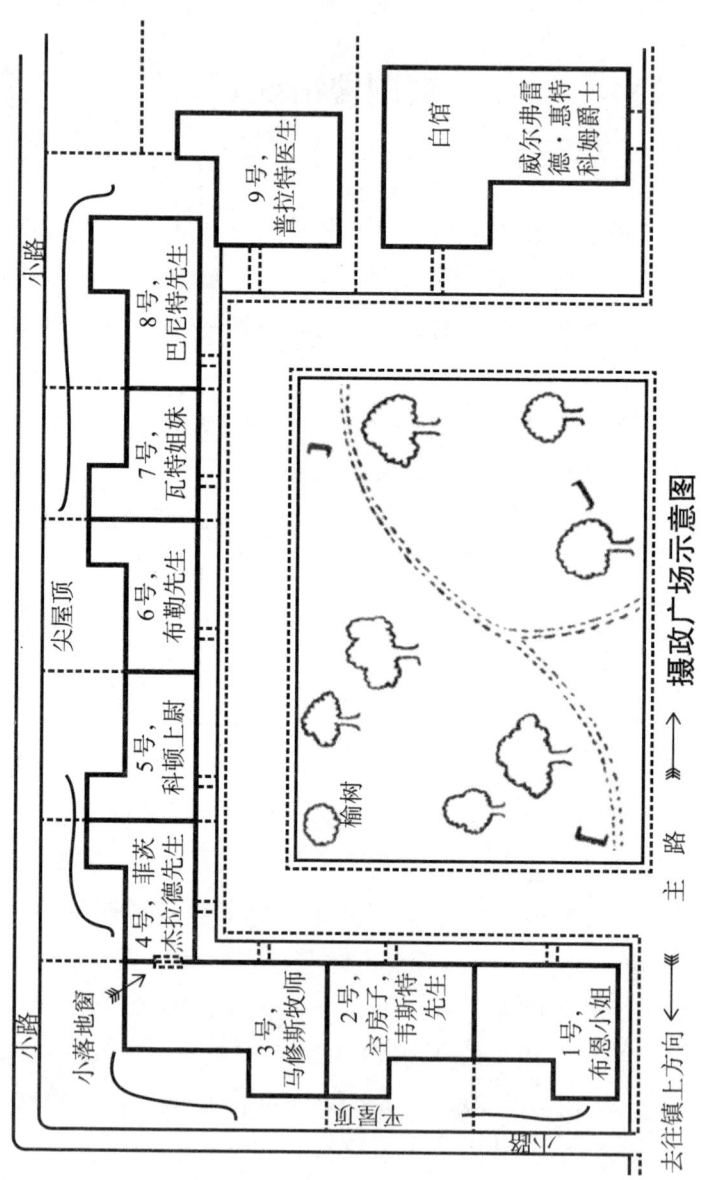

摄政广场示意图

目 录

1	第一章	广场圈子
14	第二章	2号房的混乱
25	第三章	6号房的死亡事件
41	第四章	梅瑞狄斯开工
52	第五章	5号房的盗窃案
62	第六章	问 询
79	第七章	空房子
94	第八章	屋顶上的神秘事件
114	第九章	菲茨杰拉德夫妇开口
133	第十章	四月屋
155	第十一章	又一起死亡事件
170	第十二章	1号房的嫌疑人

190	第十三章	疑似与可能的嫌疑人们
207	第十四章	7号房的慌乱
230	第十五章	突袭查尔顿金斯
246	第十六章	演绎推理
257	第十七章	浪子杰维斯
271	第十八章	惊人的高潮
286	第十九章	尸 检

第一章

广场圈子

可爱的切尔滕纳姆温泉小镇远近闻名,最吸引人的特色之一就是各式各样的广场。规划初期,人们崇尚比当今更大气的风格,享受着休闲、人文甚或宁静乡村似的氛围。这些广场都一脉相承,而摄政广场虽然可能比附近的其他广场更小、更封闭,却完美地展现了乔治王朝的基因。广场上只有10栋房子,呈U形平铺排列,敞口处连接一条住宅区道路。这10个比例匀称的住宅都面朝广场中央的公共草坪,其中点缀着珍稀树木和雅致花丛。

从狭长低矮的白馆,到对面高大、铺着简单平屋顶的1号房,摄政广场上的建筑虽然风格各异,但都十分赏心悦目。这些建筑都没有超过三层高,大多装饰着铁制或是石雕阳台。当站在路边面朝广场时,能看到U形左臂的房子都是连在一起的,这边的房子都是平屋顶,上面装饰着雉堞，一共有3扇看起来非常坚固的前门，门外铺着4层石阶。坐落在精心打理的庭院里的白馆，和另一座不那么显眼的独栋房子组成了U形的右臂。

U形的底部是5栋联排房子，其主要特点是二楼都有一扇落地窗，落地窗外是石头阳台，阳台下是由柱子撑起来的柱廊，柱廊里是各自的前门。广场三面环绕着一条贯通的人行道，人行道上栽着白桦树，还布置了一些隐蔽的路灯，把人行道与马路分开。营造出一个与世隔绝的安静住宅区，在这里老人可以安享晚年，不受匆忙嘈杂的一代人干扰，只留下他们默默品味着过去时代的记忆。

但不幸的是，和大多数情况一样，广场的外在条件与住在广场上的人们的内心生活并不相符。这10栋房子的住户都没有孩子。住户的平均年龄都在40岁左右。附近的车流也很稀少。滚筒风琴在这里是完全未知的东西。收音机的使用也尽可能被抑制，完全无法穿透邻近房屋的墙壁。但布恩小姐家的狗叫声是怎么回事呢？马修斯牧师回荡在广场上空响亮的问候声以及普拉特医生家响个不停的电话铃声又是怎么回事呢？还有瓦特姐妹吟唱着让人疑惑的赞美诗的声音和科顿上尉大功率摩托车发出的噪声？虽然大部分情况下这个社区都一片祥和友好，但因为他们的圈子是如此封闭紧密，与其他所有社区都大不相同，足以让这些时不时出现的小烦恼和小纠纷升级放大。

比如，关于砍不砍树的争议，就是一场微型战争。从初冬开始肆虐，一直发酵到现在4月中旬，终于进入白热化阶段。这是一棵非常古老几乎无法追溯年代的榆树，矗立在广场左手边角落处。在韦斯特先生看来，这棵树就是一种威胁。广场其他成员对这棵树的感觉却不尽相同。穿着短裙却充满阳刚之气的布恩小姐坚称，如果这棵树已经在这里矗立了一百年，没理由它不能再站两百年。这一论点得到银行经理菲茨杰拉德先生和他漂亮却头脑空空的年轻妻子的支持。能从客厅看到这棵榆树的马修斯牧师和他的妹妹，则很肯定它的根还很健壮，砍掉它是一种犯罪。另外，普拉特医生则站在韦斯特先生这边，因为他最喜欢与布恩小姐唱反调。而天生谨慎胆小的南希·瓦特小姐和埃米琳·瓦特小姐则自然站在"威胁论"的阵营中。剩下的科顿上尉对此完全不感兴趣，爱德华·布勒先生更在意股票市场和他的病体，巴尼特小姐不在家，白馆的威尔弗雷德·惠特科姆爵士和埃莉诺·惠特科姆夫人则保持着他们一贯的疏离姿态，对这群平头百姓的争吵并不表态。

"听着，韦斯特，"一个初春的早晨，普拉特医生说道，"让这种荒谬的争论继续下去是完全没用的。你应该行动起来。去找市检测官——我想这应该归他管——让他站在你这边，把树砍掉。"

"但马修斯怎么办？他坚决反对……"

"哦，该死的马修斯。他只是因为审美和情感上的原因不愿意砍树。但公共安全远比多愁善感重要得多。"

"你知道的，普拉特，"韦斯特一脸歉意地说，"我讨厌惹人不快。很遗憾这件事没办法友好解决。"

医生哼了一声。

"好吧，如果你不愿意去找市政府，我自己去。这本应该是你的责任——是你挑起这堆乱七八糟的事的。重点是，除非那棵榆树被砍掉，不然肯定会有人被砸死。采取行动是我们的责任。"

"哦，好吧，"韦斯特疲惫地说，"我会把这件事往正确方向引导的，然后看看有什么能做的。我真是受够了这整件事。"

"很好！"普拉特断然总结道，"你是在做一件明智的事。"

"是吗？"韦斯特纳闷道，"对你来说倒是轻松。你让我承担所有责任，到时候有问题，遭罪的就是我。"

他不想再继续操心下去。他已经有够多问题要操心的了——钱的问题、婚姻的问题和未来出路的问题。自从他在水泥股票上栽了个大跟头，他的财务状况就一直没好过——因为他在应该继续持有等待股票大幅上涨的时候全数清仓。布勒一直在道歉关于这些股票他给了错误信息。虽然他曾经是股票经纪人，但也不能指望他对股票市场了如指掌。即使是好光景的时候，股市也是一个棘手的行业，更别提最近的政治动荡破坏了货币市场最后一丝稳定。但这让韦斯特陷入一个尴尬的困境。如果事情不能突然好转，他的投资利润不能增长——好吧，他就得告别退休时光，不得不再去找份工作，回归日常劳作。

伊索贝尔不会喜欢这样的。她现在就已经够难应付的了，如果钱变紧了，天知道会发生什么事。分居的威胁很可能会变为现实。从圣诞节开始他们两人之间的关系就变得非常紧张，一点刺激都可能让这个家分崩离析。要是他能对妻子冷硬一点，就像一直以来她对他的态度一样，也许他就不会那么担心分居了。事实上，他经常晚上睡不着，躺在床上试图把事情理顺。问题是广场上其他人都知道了。他很快从他们掩盖在礼貌下的旁敲侧击和无言的同情中意识到了这一事实。而这都是伊索贝尔的错。她厚颜无耻之极，居然如此轻率地接受了科顿上尉那令人作呕的求爱。难道他没看见他们在步行大道上共用一张茶几吗？这家伙是个局外人、一个浪荡子、一个投机分子。好像没人知道他的钱是从哪里来的，也没人知道一个汽车销售是怎么住得起这个广场的房子，还能雇得起男仆的。像伊索贝尔这样聪明、受过教育的女人竟然被一个如此粗俗的暴发户迷住，简直令人难以置信。难道"上尉"这个前缀还不足以警告她嘛。普拉特曾私下跟他说过，科顿的佣金来得都很不正常。暴发户不正是这个样子的嘛。

把这些不愉快的事抛到脑后,韦斯特去了一趟市政办公室,路上差点撞倒布恩小姐。布恩小姐购物回来,像往常一样被一群品种各异的狗包围。

"啊,喂,阿瑟。去散步吗?"

韦斯特内疚地闪烁其词。

"是的,就是去一趟银行。"

"我也刚从银行回来,"布恩小姐用她响亮粗哑的嗓音说道。"菲茨看上去脸色很不对劲,不是吗?"

"菲茨杰拉德?我没太注意。他生病了吗?"

"生病!他看上去像见鬼了一样。要不然就是做假账了。他应该去找普拉特看看。"

"他看上去一直挺开心的——我是说他在家的时候。如果一对夫妻非常般配……"

布恩小姐打了个冷战。

"太可怕了,一想到他们互相搂着脖子的那个样子。我承认他们是刚结婚不久,她又不过二十出头,但菲茨已经足够成熟,应该能理智一点了。我真不懂他看上那个花哨小姑娘什么了。"

"她很漂亮,"韦斯特反驳道,慢慢朝人行道挪过去。

"呸!中看不中用罢了,阿瑟。你品味真低。"

"我还有很多事要做,"韦斯特特意说道。"我真的得……"

布恩小姐侧身一步，无情地用她自己和她的狗挡住他的去路。

"等一下。我想和你聊聊。关于那棵树的事情。"

韦斯特感到一阵冷战爬上他的脊梁。这正是他想避开的话题。

"怎么了？"

"我和马修斯不会让你们把树砍掉的。给个准话，不要一直婆婆妈妈的。"

"那棵树不安全。这是很明显的事。普拉特也同意。"

"普拉特就是个傻子。我喜欢他，但他就是个傻子。如果你们敢……"

"再见，"韦斯特说着小心穿过脚下呼哧呼哧喘气的狗群。"我午饭前还有很多事情要做。"

布恩小姐转过身，朝街远处的一条可卡犬吹了声口哨，然后迅速朝广场方向走去。

可怜的阿瑟，这几天一直有点焦躁。总是因为那棵树的事情把自己弄得人嫌狗厌，太过幼稚地坚持自己是对的。当然，伊索贝尔的行为确实足以逼得任何人拼命喝酒买醉。谢天谢地，布恩小姐自己没什么家庭烦恼。狗是世上唯一通情达理的室友。它们不会像人类那样与人争吵或是制造麻烦。和她的狗保镖走在一起，她感到高兴不已，浑身充满了活力。

但当她走进摄政广场,正准备登上1号房台阶的时候,广场尽头某种不愉快的变化吸引了她的注意。她的表情变了:嘴大张着,眼睛眯缝着,浑身散发出一种近似仇恨的气息。让她如此反感的对象是退休的股票经纪人爱德华·布勒,他正走出房间,来到他的阳台上,然后一屁股坐进躺椅里。作为一个他自己所坚信的残疾人,他经常在阳光明媚的早晨坐在这个地方,通过观察别人的活动来缓解他因为行动不便而导致的单调生活。但幸运的是,因为距离太远,他既看不到布恩小姐的表情,也听不到她此刻低声的咒骂:

"这个卑鄙的畜生!"

任何无意中听到这句话的人都不会怀疑布恩小姐有二意。

布勒自己则感觉心情好极了,因为就他一个人,不需要再扮演垂死之人这个角色。晨报的金融页面直截了当告诉他一夜之间他赚了几千英镑。这是新年以来他最妙的一招。尽管5年前他就退休不再活跃于股票经纪业务,本身也很富有,但他还是喜欢经常下场来保持熟练度,而他点石成金的本事还没有荒废。在这座城市里有个熟悉的说法:"布勒总能正中红心。他碰什么都能赚",确实有道理。一份漂亮的5万英镑储蓄金被妥善保管着,时不时收到的一些小道消息能让他小赚一笔，房子是他自己的，也没什么人需要他赡养。当然每年他要给外甥安东尼200英镑的年金，但那不过是微不足道的一点。那是个理智的男孩，和他打交道很有一套，对金钱的态度很正确，认为钱是用来赚的而不是用来花的。他的外甥不会后悔的，因为他已经把他定为自己唯一的继承人。去年圣诞节他把这个消息告诉男孩的时候，他脸上的表情才好玩。自从普拉特不情愿地把他的身体状况告诉他之后，他就觉得最好立刻把这个消息告诉男孩。医生让他放轻松点。多晒太阳，多呼吸新鲜空气。把窗户打开，保持空气流通。有可能是肺结核，虽然不是很严重，但在布勒看来这已经足够严重到让他和为数不多同情他的朋友谈谈。可惜住在广场上的这群不是很体面的人好像和他都处不来——不是说他多喜欢他们，而是在他想聊天的时候可以和他们轻松地交流病情。隔壁的老小姐们还不错，但对去教堂和唱赞歌太虔诚了一点。虽然其中有些东西还是有点帮助的。

"你给那些蕨类植物浇水了吗？"埃米琳小姐问她的妹妹南希。"温暖的天气似乎对它们产生了不利的影响，南希。"

南希小姐从她的绣花绷上抬起头来，带着可怜兮兮的表情。

"我什么时候忘记过呢？说真的，埃米琳，你有时候真的有点讨厌。我们都有各自的职责,而我从来没有试图逃避过已经接受的职责。"

"我很抱歉,南希。我没想让你难过。我看到布勒先生今天早上在晒太阳。"

听到这条消息,妹妹南希放下手中的刺绣,走近窗边的埃米琳,一起从蕾丝窗帘的缝隙中偷偷看着斜对面突出的阳台。两姐妹又同情又好奇地盯着躺椅上那个胖胖的身影看了一会儿,然后南希小姐说:

"我想他已经缓过来不少了。发作的时候真是可怕,但我相信春天能帮助他恢复不少。那个可怕的晚上你可真勇敢,埃米琳。"

一丝满足得意的微笑破坏了埃米琳小姐谦虚否认的姿态。

"我只是做了我能做的而已。但普拉特医生真是棒极了。太棒了。我只能坐在床边,祈祷危机过去而已。"

南希小姐小心翼翼地从窗口退下来,重新在她做绣活用的椅子上坐定。最后她抬起头,极其严肃地问道。

"我不知道,埃米琳,你觉得我们把你无意中听到的那些可怕的话告诉马修斯先生是对的吗?我觉得这样做对布勒先生来说有点不太友好。当然,我知道马修斯先生绝对不会说出去的,但如果韦斯特先生听到了……"

"这是我们的责任,"埃米琳小姐严肃地打断道,她转身离开窗边,拿起一个鸡毛掸子。"我知道这些话都是他在神志不清的时候说的。虽然大家都认为这样的话不可信,但我觉得我需要建议。在有压力的时候,我会很自然求助于马修斯先生。你必须明白,南希,即使那天之后,我也从来没有对布勒先生产生过一丝一毫的恶意。"

"但为什么他会说他骗了——是的,埃米琳,这是唯一可以用的词——他骗了韦斯特先生所有的钱呢?"

"我想,"埃米琳小姐一边说着,一边用鸡毛掸子轻扫一堆瓷器,"这只是他烧糊涂后虚构出来的东西。"

妹妹南希意识到这个话题已经结束,最好不要再试图重启它。因此她开启了一个全新的话题,说巴尼特小姐又出国了,她哥哥奥尔德斯很可能会过来住一段时间。因为她们知道左手边的邻居喜欢"保持房子的通风"。此外,瓦特小姐们对奥尔德斯非常感兴趣,因为他代表了一个她们一无所知的世界——犯罪的世界。住在南唐斯丘陵地带一个叫华盛顿的小村庄里的奥尔德斯·巴尼特,是一位写侦探小说的作家。在他偶尔来访时,会经常顺便来拜访她们,跟她们聊聊伪造、盗窃和谋杀的故事。当然她们永远不会遇到这样不敬上帝的事,但听听一个权威人士聊聊其他人的邪恶不道德行为还是挺有趣的。

房子位于广场的角落、与巴尼特小姐的房子成直角的普拉特医生也是她哥哥这些奇闻轶事的忠实听众。他习惯在奥尔德斯每次造访切尔滕纳姆时都邀请他共进晚餐,喝完波尔多葡萄酒后,他们会一晚上都沉浸在对犯罪和其众多影响的研究中。普拉特对盗窃和谋杀的态度不像瓦特小姐们那样天真,更多是出于对不同犯罪心理的好奇。他的主要爱好,也许该说是他唯一的爱好,就是客观研究其同胞的行为和反应。这项研究在经过他多年的浸淫后,已经被他精炼为一门艺术。普拉特觉得,他可以详细预测出某些男人在某些场合的反应,虽然信心不足,但同样可以预测某些女人的行为。这个爱好让他给人一种智力超然的感觉,似乎更能激起病人对他的信任,当然病床边的氛围不会太欢乐。

威尔弗雷德爵士和埃莉诺夫人昂贵耀眼的大宅白馆紧挨在医生的房子旁边,这两位的超然离群则属于一个完全不同的类别。不是智力上的超然,而是自命不凡的超然,因为威尔弗雷德爵士的直系祖先们习惯在坐下来享用他们乏味的午宴前才能脱下外套,并且压根不觉得这是什么奇怪的事情。要把威尔弗雷德爵士和他妻子与他们的头衔分开是一件完全不可能的事情。他们不允许、也绝不放任自流与摄政广场上的其他居民混居,有些居高临下、自视甚高的感觉,大部分人都不喜欢他们。尽管广场上曾有几个人找过威尔弗雷德爵士,建议他加入惠灵顿射箭俱乐部,但他总是用"弓箭已经过时了"这样一句简单但令人恼火的话拒绝。他不受欢迎一半就是因为这句简要而荒谬的评论导致的,因为摄政广场有一小群热忱的弓箭手,他们在射箭这一行上就像高尔夫球手对高尔夫球一样狂热。众所周知,附近许多更普通的居民甚至把摄政广场叫作"射箭角"。市甚至郡射箭队都常常来找普拉特医生、布恩小姐、韦斯特、菲茨杰拉德和马修斯牧师代表他们"张弓搭箭"。

这就是摄政广场的居民——一个多样但典型的社区;表面和谐,内里却矛盾多多;气质和智力虽各不相同,但都在努力开凿同一块坚硬的花岗岩,请原谅我语言的贫乏,也就是我们称之为"生活"的东西。

第二章

2号房的混乱

希拉里·菲茨杰拉德从银行窗户下排的磨砂玻璃处瞥了出去。步行大道上挤满了午后的购物者,他们在宽阔的步道上、栗树的浓荫下漫步闲聊。闪闪发亮的豪华轿车停在路沿,由热情的司机看守着,时不时为穿着毛皮大衣的女主人开开车门、鞠躬致意。打扮时髦的中年女子穿着高跟鞋昂首阔步,身边要么跟着一只宠物小狗,要么跟着一个留着胡子的沉默男人。红脸膛的绅士们在阳光下摇摇晃晃地闲逛着,戴着手套的手指上还挂着个小包裹。菲茨杰拉德慵懒地笑了笑,对这个生动的平凡场景赞许地点点头。外面的一切都照旧有条不紊地运作着。谢天谢地!还好那些乱七八糟的事情都是他的猜想,但他的思绪忍不住围绕着那个黑暗的问题打转。

突然他的笑容消失了,高大瘦削的身体僵硬起来。他的目光落在了那一串散步的人中——他立刻认出其中两个人，内心涌起一股怒火。那个脸色苍白、肤色较深，带着醒目的不屑表情，有着希腊人般侧颜的女人，正是韦斯特夫人。而那个英俊浮夸，留着短硬小胡子，穿着高腰西装，走路大摇大摆的男人，正是科顿上尉。

"真恶心！"他想着，"这样无耻地走在一起。实在不知道她看上那个讨厌鬼什么东西！"

他厌恶极了那个人的粗俗面孔和他自以为是的幽默感，还有他过度自信的样子。那个男人的样子从未从他脑海中消失。当他弯腰在银行工作的时候，在俱乐部喝威士忌的时候，甚至是吃饭走路聊天做梦的时候——那张笑盈盈、英俊的脸似乎都在不怀好意地看着他。科顿上尉搬进广场已经有1年多了，也把他幸福的新婚生活搅成提心吊胆、焦虑不安的一团糟。他永远没办法摆脱掉那个家伙。每当他沮丧疲惫地从银行下班走回家的时候，总有那个家伙的大声招呼在他身边响起，总有一只讨厌的手拍打着他的肩膀。广场上的居民都以为他和"上尉"关系很好。但那绝不是他的本意。那家伙就是条水蛭、一条有毒的水蛭，在慢慢搞垮他的身体、让他的精神崩溃。他还能忍受多久那个家伙的阴险关注呢？他还能撑多久不崩溃投降呢？如果真到那个时候——他打了个冷战，从窗户边走开。无论发生什么，为了乔伊丝，他都必须坚持到意志力瓦解的最后一刻，绝不能失败。

当他走近4号房的时候，乔伊丝走下台阶来迎接他。他敷衍地吻了她一下，一手揽住她，一起走进屋子。她用圆圆的大眼睛看着他，焦急地问道：

"他有没有……"

他摇摇头。

"在忙别的事，谢天谢地！"

"伊索贝尔？"

"是的。一起在步行大道散步。很放得开了，肯定很快会有一场大爆炸。"

"如果他真的被炸飞了，我们就不用担心了。真不知道阿瑟怎么能忍这么久。"

"我们也忍了这么久，"他讽刺地回答，"但上帝知道，"他突然压抑着愤怒说道，"我多想……"

她一把拉住他的手。

"希拉里！"

"哦，好吧。别担心，我会控制好自己的。但我得警告你，乔伊丝，如果这样的事情，这种噩梦般的情况继续下去，我一定会失去理智的。"

科顿上尉就站在摄政广场的拐角处，紧握着伊索贝尔戴着手套的手。

"听我说，我的姑娘，别担心他，"他用低沉的嗓音安抚着她,"我已经把你的小阿瑟收拾服帖了。他可能会大吼大叫,咆哮一下,但他可不敢咬人。讨厌的是你必须直面他的坏脾气,但只要不理他,他很快就会叫厌了的。毕竟,我们找的一点小乐子可完全没有什么不合规矩的地方,不是吗?"

"你知道没有的,"伊索贝尔崇拜地回答道,"他不能指望我一天到晚在家玩手指吧。不过就是打发时间而已。今天太开心了,马克。你似乎让一切都值得了。如果这些爱管闲事的人……"

"别管他们。他们一文不值。明天同一个时间老地方见,亲爱的?"

"当然,马克。"

他偷偷瞥了一眼四周,吻了她一下。她责怪地笑笑,又紧握住他的手,喃喃道:"*再见*",然后一本正经地拐进摄政广场。

3天后,一群工人拖着一辆手推车走进广场,车上装满了斧头和绳索。经过一段时间的准备之后,他们不慌不忙地开始砍那棵榆树。

马修斯牧师被伐木的声音吸引住了,猛地从早餐中抬起头。

"真荒谬,安妮。他抢先了我们一步。政府在决定砍树之前居然不征求我们的意见,这真是太有失体面了。"

他苍白贫血、穿着普通的妹妹，无声地表示同意。她总是同意西里尔的意见，已经保持40多年了。

　　"就我个人看来，应该让韦斯特从射箭俱乐部退出，以示抗议，"她哥哥继续自命不凡地说道，"也许我这么做看起来很无情，但我是很严肃看待这件事的。要知道从5号房或者6号房的窗户看出去，是能直接看到我们的前厅的。想到这个就让人不安，安妮。"

　　他的妹妹再次表示同意，但这次没那么热情了。毕竟广场上发生的事情不多，能看到古怪的科顿上尉的动向和布勒先生坐在阳台上，还挺让人觉得兴奋的。

　　马修斯牧师继续默默地吃着他的鸡蛋。他在想自己是不是太好心了，埃米琳小姐在布勒精神错乱中听到的那些话他谁都没说。因为不想在韦斯特和布勒之间制造麻烦。但现在？好吧，韦斯特在树这件事上并不是特别体贴。也许应该明确表现一下他的不赞成，在强烈抗议之后，把布勒说过的话告诉韦斯特。让他知道牧师不都是温顺谦恭、忍气吞声、即使被冷落也不敢报复的人。没错——布勒的坦白会让韦斯特好好想一想的。从长远看来，韦斯特甚至可能为自己不为他人着想的强硬手段道歉。当他向布恩小姐提起这件事的时候，当然是在绝对私密的情况下提起的，布恩小姐主张这样的事情应该坦白说出来。她说这样对阿瑟才公平。他当时并没有这样想过，只觉得这样会引起不安，但一想到有布恩小姐的同意，他还可以打击到那个自鸣得意的家伙就感到万分鼓舞。就好像鱼与熊掌兼得了一样。

一直到几天后他才有机会提起这件事，但那时候2号房已经接连发生了许多令人震惊的事情。阿瑟和他妻子之间最后毁灭性的争吵在广场上留下些许印迹。没人知道确切发生了什么，他们只能从蛛丝马迹中推断出一些结果。布恩小姐第一个提供了线索，说前天晚上"带她家狗出去透气"的时候，听到从阿瑟卧室敞开的窗户里传来激烈争执的声音。可惜窗帘是拉上的，她说不好到底发生了什么事。那是4月30日，正好是榆树被砍倒运走后的一个星期。5月1日中午时分，安妮·马修斯小姐正在她那小小的前花园里，给钻石形状的花床除草的时候，看到一辆出租车停在2号房前。过了一会儿，韦斯特夫人上了出租车，身后跟着拿行李箱的出租车司机，然后车开走了。没有看到韦斯特先生的踪迹。5月2日，普拉特医生去拜访韦斯特，提议如果他晚上想去射箭，可以顺路捎他去打靶场。但他发现他的朋友倒在扶手椅上，手边是一杯威士忌，不愿意说话，拒绝出门。普拉特留他自己待着，但他有一种不安的感觉，好像韦斯特家出了什么大问题。他没有看到韦斯特夫人的踪迹。5月3日，真相大白，2号房的管家哈格德夫人在高街上遇到菲茨杰拉德家的女佣时，用一种喘不过气来、"我完全想不到"的语气告诉她韦斯特夫人离开了她丈夫。不——她并不知道韦斯特夫人去了哪里,也许是在斯特劳德她母亲家。当然,这都是科顿上尉的缘故。她几个月前就预料到会有这么一出,只是惊讶事情没有发生得更早而已。老天爷啊——可怜的韦斯特先生很难过。他那么喜欢她,那个卑鄙无耻虚伪透顶的上尉就应该被绞死,他就应该不得好死。

在令人难忘的那天的傍晚时分,整个摄政广场都知道了这场危机。消息甚至穿透了白馆的贵族墙壁,引起了晚餐时分在仆人面前的谨慎讨论,以及稍后在卧室里更激烈的讨论。所有的目光都转向了5号房。科顿上尉也失踪了吗?虽然没有人承认,但大家都倍感失望,因为科顿上尉的大功率摩托车的轰鸣声,照常在早餐后的广场上响起。有时会和科顿上尉在同一个酒吧喝一杯雪利酒的布勒表示,那家伙好像比平时更得意扬扬、神气活现。所有人都为阿瑟·韦斯特感到难过,即使是那些在榆树事件中与他有争议的人也是如此。当马修斯在5号晚上礼节性地去拜访韦斯特的时候,他甚至对是否应该告诉韦斯特他从埃米琳·瓦特那听到的信息感到犹疑。

他发现屋子里乱糟糟的。四处散落着包装盒,房间被剥去装饰物和照片,地板上撒满了报纸。

"我要走了,"韦斯特简洁地回应了牧师探究的眼神。

"你知道为什么的,不是吗?"

马修斯牧师支支吾吾着。

"啊,是的,当然。我听到了一些事情。当然不是很确定。是家里出了点事,对吗?"

韦斯特怒视着他。

"出了点事!我妻子离开我了,马修斯。永远。我要离开广场了。一方面是我没办法再面对这个地方,另一方面——你可能也知道——我经济拮据,不得不把这里卖掉。"

牧师真的很惊讶。他知道韦斯特不是很有钱,但从没想过他处境会这么糟糕。

"亲爱的朋友,我很抱歉听到这个。要是我能做点什么就好了。但不幸的是,我和安妮,你可能也知道,是靠一点微薄津贴……"

"谢谢你,"韦斯特立刻说道,"但现在已经太晚了。如果不是在水泥股上栽了个大跟头,情况可能不会这么糟糕。虽然我们以前过得就不是很容易,但缺钱之后……"

"是啊。"他应该告诉韦斯特,布勒在精神错乱时说过的话吗?现在时机正合适。布恩小姐说过的,这样对阿瑟才公平。"你当时为什么卖得那么匆忙呢?"

"因为布勒。"

"是嘛。呃……你有想过你的损失可能会让他……

呃……受益吗？"

"什么意思？"

"嗯，布勒先生对股市了如指掌。他有内幕消息。难道他不能操纵——是这么说的吧——操纵股市让你的股票贬值吗？"

"什么？"

"当股票跌到一个很低的位置的时候，建议你全部卖掉，他自己再全部买回来，因为他很清楚这些股票肯定还会大涨回来。好像涨了三倍的价格。"

"你是怎么想到这些的？"韦斯特怀疑地问道。

"是几天前我听到的一些事情让我这么怀疑的。我不知道是否应该……"

"是什么？"韦斯特冷着脸问道。

马修斯牧师小心翼翼地组织着语言，当然叮嘱过这件事切勿外扬，然后坦白了他从瓦特小姐那听到的一切。

第二天下午，一辆家具搬运车把阿瑟·韦斯特的部分家具转移到乔治街上几间朴实无华、不带家具的房间里，剩下的则被运到一个拍卖厅准备出售。韦斯特自己来把门窗关上拴好，最后亲手锁上2号房的门。这套房子从此在广场圈子里被得体地称之为"空房子"。从那一刻开始，韦斯特的生活从老熟人的圈子中脱离开。他甚至退出了射箭俱乐部。

差不多一周后，确切地说是6月1日，奥尔德斯·巴尼特造型优美的蓝色阿尔维斯轿车在瓦特姐妹警惕目光的注视下，停在了他妹妹的房门口。他的到来让她们感到一阵兴奋，好似让她们居住的小小世界豁然开朗。她们依照惯例会尽快邀请他过来喝茶。能再听到那个优雅的克里平博士的可怕故事或是古怪的查理·皮斯先生的双面人生，真是再让人愉快不过了。

但如果瓦特姐妹能看到巴尼特那晚坐在他妹妹的书桌前写的信，肯定会更加兴奋和激动不已。

他写道：

亲爱的梅瑞狄斯：

关于几周前我们在郡法院的谈话——我的邀请依然有效。我很乐意邀请你和我一起在这里消磨掉你的一些年假时光。我知道你对我计划的那本关于郡警察工作的书很感兴趣，但没有你的帮助和建议，我真的无法继续。所以，如果你还是我们上次见面时的想法，10号过来怎么样？我记得你说过你的假期从那天开始。请注意，这是一次正式的合作，你的名字将出现在封面上（如果警局同意的话！）。如果你没来过切尔滕纳姆，你会发现这里很有趣的。

你诚挚的

奥尔德斯·巴尼特

信封上写着:

　　　　萨塞克斯郡刘易斯市
　　　　萨塞克斯郡警队
　　　　梅瑞狄斯警司〈收〉

第三章

6号房的死亡事件

那是6月13日星期一,梅瑞狄斯警司抵达切尔滕纳姆的第三天,科顿上尉决定去拜访爱德华·布勒。布勒是广场上少数几个与他有共同点的人之一。也许是因为他们都是天生的赌徒,都享受心脏怦怦跳的刺激感。因此,他有一个想法,关于如何安置他的闲置资金,布勒不会拒绝向他提供一些专业帮助的。在男仆阿尔伯特的服侍下,科顿独享完他的晚餐,然后点燃一支雪茄,漫步在广场上。他抬头望向布勒在二楼的书房窗户。布勒的书房窗户按他的习惯敞开着,那时布勒正站在窗边抽着他晚饭后的一斗烟。

"我能跟你说句话吗?"科顿叫道,"不会耽误你太多宝贵时间的。"

"当然没问题。你可以自己上来。门没锁。"

"多谢。"

几分钟后,两人站在宽敞明亮的房间里,旁边放着一盘饮料。布勒大部分时间都待在这个房间里,在这里处理过好几笔非常可观的生意。

"够了就说一声,"布勒说着把吸管摆进玻璃杯的边缘。

"哇!"科顿叫道,"正合我意。老伙计,你可能好奇我来找你干什么。"

"聊点生意,我希望是,"布勒笑着给自己也倒了杯酒,"找把椅子,让我们坐着舒舒服服地谈。"

科顿走到壁炉边,坐到一张矮笨的大皮椅上,椅子正好背对着敞开的落地窗户。窗户外是一个小阳台,布勒常在这里"晒太阳"、看《金融时报》。阳台外是黑暗的广场,从三面环绕的建筑里时不时漏出一些橙色的光线。等客人坐定后,布勒也长舒了一口气,在壁炉对面的另一把扶手椅上坐了下来。

"好吧?"他嘟囔道,"什么事?"

"你一开始就正中靶心,"科顿咧嘴笑道,"生意。我想找一个真正赚钱的投资。"

"手上有钱?"

"飞黄腾达了,老伙计。我亲爱的爱丽丝姨妈留给我3000英镑遗产。我其实挺惊讶的,因为这老太太好像一直挺不喜欢我的。当然，这不怪她。我也不觉得自己是什么人见人爱的主儿。"他用手指抚摸着光滑的秃顶。"但不开玩笑，布勒，当谈到遗产分配的时候，姨妈发现我是她唯一活着的亲属了，所以她收起了傲慢，愿主保佑她，让我成为她唯一的继承人。所以重点是——我该拿这笔储备金投资什么项目呢？"

"为什么找我？"布勒突然问道，"我已经金盆洗手了。"

"没错，没错。"科顿安慰道，"但你依然对证券交易了如指掌，而作为你指点迷津的回报，5%怎么样？"

"我更喜欢听到10%，"布勒笑着说，"每年累计利润的10%怎么样？"

"不如7.5%？"科顿眉头一挑，纠正道。

"不如7.5%。"布勒重复道，像鉴赏家一样品着他的威士忌。

"而且还有可能，很大的可能会有更多生意等着你，老伙计。"

"再来一杯？"布勒问道，突然站起身，伸手去接科顿的酒杯。

"多谢，"科顿说道，布勒随后转身向房间远处巨大的餐具柜走去。

布勒拔掉醒酒瓶的塞子，把杯子举到齐眼高，准备好倒酒，之后一直保持着这个姿势。这时他耳边传来一串古怪而隐秘的声响——有微弱的撕裂声，响亮的咔嗒声，然后是科顿长长的叹息声。他转过身，一脸困惑地盯着前方，嘴巴微张着想要说什么却说不出来。手中的玻璃杯掉了下来，在拼花地板上摔了个粉碎。他颤抖着手把醒酒瓶放下，向前迈了几步，又停了下来。

"天哪！"他喃喃道，然后又提高了点嗓音喊道："科顿！科顿！"他好像突然间明白过来一样，跌跌撞撞地朝窗户走去，走到阳台上。眼睛匆匆扫过外面，昏暗的广场上散落着路灯的黄光。他看不到任何异常。广场上的一切似乎都很正常，窗户透出的灯光仍闪烁着，他依稀听得到隔壁房子传来的瓦特小姐们在聆听宗教挽歌激动振奋的声音。上了年纪又焦虑不安的他迈着笨拙的步伐回到科顿身边，颤巍巍地伸出一只手，伸进科顿衬衫里，试探着他的心跳。

紧接着，他跌跌撞撞地走下楼梯，沿着人行道向普拉特医生没有亮灯的房子走去。就在他快走到锻铁大门时，一辆汽车出现在广场尽头，朝他的方向驶来。他正要打开大门时，这辆汽车停在了路沿边，有人从车里向他打招呼。

"你好——是谁啊？找我吗？"

"是你吗，普拉特？哦，谢天谢地！是我，布勒。"

"布勒？"医生仔细注视着眼前这半明半暗之间的人影。

"是的。你必须马上跟我走。发生了很可怕的事情。"

普拉特从车上下来，带着一件轻便大衣和总是随身携带的一袋医疗器具。

"怎么了？"

"科顿。"

"生病了？"

"不是——死了。至少我这么觉得。"

"死了！"普拉特怀疑地惊呼道，"怎么回事？在哪里？你确定吗？"

布勒紧紧地抓住他的胳膊，开始把他往6号房拖。

"他在楼上我的书房里。可能还有机会……但……"

身手更灵活的普拉特先他一步跑上楼梯，冲进书房。然后一言不发大步走到直挺挺坐在扶手椅上那个安静沉默的人影边，伸手探他的脉搏。当布勒气喘吁吁地走进房间时，他才抬头。

"快告诉我，普拉特——还有希望吗？"布勒嗓音沙哑地问道。

普拉特摇摇头。

"没可能了。他死了。"然后是普拉特医生用更尖锐的嗓音问道："天哪，布勒，这是怎么回事？这是什么意思？"

"我不知道。我真的不清楚。我刚在给这个可怜的家伙倒酒，然后我听到一个声音……转身他就这样了！"

"你看到什么了吗？"普拉特猛地把头伸出窗外。"外面？"

"没看到。什么都没看到。当然，我们必须报警。"

"当然，"普拉特说着，突然倒在死人椅子的扶手上。"必须立刻报警。"

布勒不安地看了他一眼。

"你看上去不太舒服，普拉特。要喝一杯吗？让你难受了吗？"

"有点儿，"普拉特说，"这可怜的家伙怎么能一分钟前还坐在这里聊天，一分钟后就……"他看了眼递给他的饮料，一口吞了下去。"多谢。现在打电话报警吧？警察来之前我们最好什么都不要碰。"

布勒正要拿起电话，突然抬头说道："对了，巴尼特不是邀请了一个叫梅瑞狄斯的家伙过来嘛。他好像是郡警察局的警司。我们要不要看看他在不在，跟他说一下情况？可以让他在本地警察来之前先看一看。如果有什么必须采取的措施，我们知道他可以先行动，毕竟这种情况下每分钟都至关重要，普拉特。"

"没错，"普拉特同意道，"你给警察局打电话，我去8

号房看那人在不在。"

普拉特迫切的叩门声唤来了巴尼特本人，医生迅速解释了一下发生的事情。

"是的——他在这里，"巴尼特说，"我会立刻叫他来的。当然，这不符合流程，但考虑到这样的大案……好吧……"

没过多久，梅瑞狄斯就出现在布勒面前。4个人围着科顿上尉的尸体站成一圈。股票经纪人已经接通了当地警方的电话，一名督察正在过来的路上。然而，梅瑞狄斯的出现，已经让房间里的悲惨气氛变得平静、正式许多。他安静敏捷地在书房里移动，老练地审视着案发现场的大致布局。当然，他没有官方身份。等市警局的人到了之后，他自然要退下来，除非他们需要他的建议。但以一个过来人的经验看，这种可能性不大。有点可惜，毕竟这个案子纯粹从专业角度看，很有趣。毕竟现在的警察可没有多少机会直面这种后脑勺插着箭的尸体。从外观看，是很干净利落的一箭。这个可怜的家伙一定是当场死亡的。

他转向普拉特。

"你是一名医生，对吧？"普拉特点点头。"你觉得这一箭有穿透大脑吗？"

"这是肯定的。注意看箭头进入头部的位置——就在头顶和颈背中间。这位置非常脆弱，警司。他肯定是……

咔嗒一声……就去了。"

"你觉得他被箭射中的时候，有从当时坐着的位置移动过吗？"

"就我看来，一点儿也没动过。"

"好的，"梅瑞狄斯沉思道，"我倾向于你的看法。因为可以看到，尸体只有头部露在扶手椅背上方，而箭头射入的位置离椅子顶部只有2厘米左右。这本身就证明尸体移动的空间不大。"

"有可能出现身体僵直，"普拉特插话道，"也许是突然的僵化——但我觉得没有明显的姿势变化。"

梅瑞狄斯默默在心里记下医生和他观点一致，因为在他看来，这一点肯定对案情至关重要。

他转向爱德华·布勒。

"这是什么时候发生的？"

"时钟刚好指向半点整。"

"先生，你晚上通常会把窗户敞开着吗？"

"天气暖和的话一定会开着，"布勒说着朝普拉特的方向瞥了一眼。"我体质不是很好，医生建议我多呼吸新鲜空气。"

"好的，我明白了。那么当你看到科顿上尉中箭的时候，我想你肯定朝广场方向看过，希望能发现箭是从哪里来的？"

"我几乎立刻冲出去了。但没看出什么不寻常的地方。窗户底下完全没有人走动的迹象。但你也能看到,路灯只照亮了部分地方。因此,任何人都可能躲在灌木丛里,这我肯定发现不了。"

"躲?"梅瑞狄斯询问道,"你觉得射箭的人有犯罪意图?为什么不可能是意外呢?"

"当然有可能,"布勒喃喃道,"但我从来没这么想过。"

"就我个人而言,"梅瑞狄斯继续道,"我觉得意外也是有可能的。我听说这个广场上有好几位先生都热爱射箭。"

"你说得很对,警司,"普拉特插话道,"我们有5个人是惠灵顿射箭俱乐部的成员。"

梅瑞狄斯拿出他总是随身携带的笔记本。

"能告诉我这5位的名字和地址吗?"

"有1号房的布恩小姐。"

梅瑞狄斯笑了笑。"所以你们俱乐部不禁止女士加入吗,先生?"

"布恩小姐!天哪,你不知道她。完全没办法禁止她干任何事情。除此之外,她弓拉得特别漂亮。事实上,比3号房的马修斯好得多。"

梅瑞狄斯好奇地探头。

"他是位牧师，对吗？我记得巴尼特先生好像这么介绍过。"

"没错——西里尔·马修斯牧师。然后还有4号房的菲茨杰拉德，他是步行大道普尔森银行的经理。再就是9号房的我。"

梅瑞狄斯上下打量着名单，一脸困惑。

"我记得你说总共有5个人来着？"

普拉特略带歉意地笑了一下。

"没错。我忘了一个人。第5位成员也是我们最好的射手之一，他已经离开广场。你可能听过……"

巴尼特插话道："你还记得吧，梅瑞狄斯——我跟你说过的，以前住在2号房的韦斯特。"

"哦，韦斯特。就是被妻子抛弃的那个家伙。那个第三者呢，还在吗？"

巴尼特朝那个固定在扶手椅上的身影摆摆头。

"就是这个人，"他静静地说道。

梅瑞狄斯吹了声口哨。

"就他吗？嗯，我完全没意识到——"他突然停了下来，走到阳台上，探出头去。

"好像是辆警车。先生们，你们最好都留下来，直到督察决定好他的下一步行动。他可能会问你们几个常规问题。"

梅瑞狄斯刚回到房间,门就打开了,朗督察走了进来,身后跟着一名穿制服的警察。朗督察身材圆胖、头发灰白,一对夸张的眉毛下闪烁着一双明亮的蓝眼睛。常常有人觉得他看起来太欢乐,不像是警官。布勒就这么觉得。

"嗯——这是发生了什么事?"他笑着问道,"诸位先生们能行行好自我介绍一下吗?"

巴尼特挺身而出,迅速介绍了一下布勒和普拉特医生。督察警惕地注视着高大瘦削的梅瑞狄斯。

"这位是?"

"萨塞克斯郡警局的梅瑞狄斯警司,"梅瑞狄斯微微笑道,"我恰好待在两扇门外的巴尼特先生家,听到这个事情,就不请自来了。希望您不反对,督察?"

朗督察的笑容迅速扩大到令人震惊的程度。

"我听说过您,长官。您解决了坎伯兰郡敲诈案和拉瑟谋杀案。很高兴见到您。"他说着伸出一只胖胖的手,补充道:"毕竟人多智广。虽然这里还有个尚克斯,但他没什么头脑——至少不怎么能看出来。"他又笑了笑。"现在,布勒先生,请你暂时把这几位先生安顿到别的房间,这样也许我们可以检查一圈现场。如果法医来了,可以帮忙带他过来吗?他应该很快就到了。"

其他人一退出去,朗就长舒了一口气,给自己倒了一杯烈性威士忌，一边告诉尚克斯这是违反规定的，一边一屁股坐倒在死者对面的扶手椅上。

"嗯——你怎么看，梅瑞狄斯先生？意外吗？"

"有可能。但肯定不是自杀。"

"哦，太好了！非常好！"督察咯咯笑道，"没错，我从来没听过有人是用弓箭自杀的。那肯定得是个柔术演员才行，不是吗？"

"所以你注意到箭了？"

"什么，我吗？"他又发出那种沙哑颤抖的咯咯笑声。"几乎没有我注意不到的地方，长官。也许我看起来不像是那种细致入微的人，但那只是我的工作方式而已。比如，我注意到从箭头射入的位置判断，死者被射中后最多移动不超过2厘米。很有用的信息，不是吗，梅瑞狄斯先生？"

"我也这么认为，"梅瑞狄斯赞同道，"你觉得这说明了什么？"

"箭是从广场右边射出的——就是你从这扇窗户往外看时的广场右边。"

"还有吗？"梅瑞狄斯问。

朗慢慢摇了摇头，表示他不明白警司到底在说什么。

"这个，"梅瑞狄斯解释道，"这支箭不仅是以相当水平的角度射入头骨的，而且还有些微垂直角度的偏差。如果你靠近点仔细看,朗,就会注意到这支箭是以稍微从上往下的角度射入的。明白吗?这不可能是从广场上射出来的,因为如果瞄准二楼窗户射箭,箭头应该是从下往上的角度射入的。"

"没错,我完全理解。这是一个很合理的推测,长官——只除了一点。"

"什么?"

"如果这支箭是从——我不是很确定是不是真的有人能做到这一点——但假设这支箭是从广场远端某个地方射出来的,比如主路的另一侧——这时候的轨迹会是怎样的呢?就我看来,长官,根据我对事物的些微了解,这时候的箭头也应该是从上往下射入的。箭头离弦的时候会呈抛物线上升,然后下降。也许这可以解释你发现的问题。"

"但你忘了一件事,督察。正如你指出的那样,箭是从广场右侧射出的。因此你可以大致推测出一条箭头从广场射出的轨迹线——然后呢?这条线会被右翼的房屋打断。这里——你自己眯眼看一下,就知道怎么回事了。"

督察把他孩子气的圆脸凑到死者身旁,闭上一只眼,另一只眼眨了眨,从嵌入死者头部的箭杆往外看出去,尽可能真实地推测箭头轨迹。虽然因为有科顿头部的阻挡,没办法精确测量,但瞥过一眼他就知道梅瑞狄斯是对的。

"该死的,长官,但您是对的,"朗惊呼道,一副完全意料之外的语气。"但我还是不……"

梅瑞狄斯笑了。

"我以为你注意到了一切。很明显的事，督察。这个推论太显而易见了。"

"什么推论？"

"没错。最远的一栋房子——1号房——距这扇窗不超过36米，我想在36米的距离内，箭头的轨迹应该几乎是水平的。这是一个需要验证的技术问题。但如果是这样，这支箭不应该是从地面射出来的。虽然还不是完全肯定，但我觉得这支箭应该是从与这扇窗水平的地方射出的——换句话说，就是从广场右翼的某个二楼窗户里射出的。"

"您真是太聪明了，"朗呼哧呼哧地喘着气，脸上是毫不掩饰地钦佩。"真的太聪明了。你明白了吗，尚克斯——从某扇窗户里射出来的？你听懂警司的推论了吗？"

"一清二楚，长官，"尚克斯文雅地答道。"我想这是一个非常合乎逻辑的推论。"

"他上过大学，"朗解释道，对能带这样一个有学问的下属也是有些自豪的。"他嘴皮子溜，实际上手老出问题。如果局长能同意您和我一起办案，对他也是件好事，长官。一次学习的机会。"

"办案？什么案——不是简单的意外吗？"

这次督察真的眨了眨眼。

"意外？别逗我了，长官。谁大晚上在卧室窗户边练箭啊？除了疯子以外。"

"好吧，这点，"梅瑞狄斯说，"是需要你来确认的。我建议你派尚克斯调查一下广场右翼的房子。"梅瑞狄斯瞥了一眼他的名单。"1号房的布恩小姐，她是射箭俱乐部的成员。当然，2号房是空的。然后是3号房的马修斯牧师和4号房的菲茨杰拉德先生。虽然我不觉得菲茨杰拉德先生有条件作案，因为他的房子面对着广场和这栋房子平行，但他也应该被调查。"

"把他们都统一聚到这里怎么样，梅瑞狄斯先生？不——我当然不是说在这间屋子里。大多数人看到尸体都有些反感。和楼下房间的一群人一起，怎么样？"

梅瑞狄斯表示同意，尚克斯随即离开去处理这件事，正好在下楼时遇到法医纽瓦克医生。布勒先生在门口候着给他指的路。等只剩下警方的人之后，他开始安静有条不紊地工作，而他的结论与其同行普拉特医生的检查结果有些小出入。死亡是瞬时的。被箭击中后，死者几乎或者可能完全没挪动过。箭头很可能有倒钩，一个非常容易就能被证实的猜测，只要……

"等一下，先生，"梅瑞狄斯叫道。"如果没什么影响的话，能不能不要现在拔箭。你同意吗，督察？"

督察表示同意，纽瓦克医生耸耸肩放弃拔箭。

"我之所以猜测是有倒钩的，是因为普通箭头很容易被骨头偏转方向。很可能斜着擦过去，或者甚至没办法穿透头骨。我对射箭不是很了解，但我恰好知道普通射箭练习时，箭头是没有倒钩的。主要是为了方便拔箭好反复使用。"

"这点相当重要，"梅瑞狄斯说，"等我们真的把箭拔出来，发现是有倒钩的话，这个案子就更不可能是意外事故了。"

"就这样了吗？"纽瓦克问道，"多谢。之后通知我死因审理会的时间吧，朗。如果可以的话，最好不要星期三，那是我去医院的日子。希望你们能尽快厘清头绪。在这样的广场上发生这样的事情真的太糟糕了。我以前见过这个家伙，但从来没跟他说过话。可能是对他不太感兴趣吧。好吧，晚安。"

"晚安，先生，"梅瑞狄斯和朗异口同声地说道。

第四章

梅瑞狄斯开工

纽瓦克医生一离开，朗督察就立刻电话联系警局总部，口头简洁地汇报了一下这里发生的事情。没多久，恰好还在办公室加班的局长亲自来到电话前。案件中不寻常、到目前为止令人费解的地方显然引起了他的兴趣，他告诉督察会立刻开车过来摄政广场。

"你会喜欢这老头的，"朗沙哑着嗓子自信地说道。"是个稳重但脑子一流的家伙。非常优秀。不摆架子。把人当人看，而不是觉得你就是台机器。"

10分钟后，梅瑞狄斯本人对此也表示赞同。那是个警觉高效、谈吐举止都很稳重的先生。而且他还发现这位局长不仅容许他出现在犯罪现场，而且还很感谢他的合作。

"我听说你是在这里度假的，对吗？"梅瑞狄斯点点头。"假设验尸官的死因审理结果不是意外死亡——你怎么看呢,梅瑞狄斯?你愿意和朗一起工作吗?我敢说,至少在我的部门里是没有这样的先例的,"他眼里闪烁着愉悦的光芒,"但我想我应该是有权制造先例的。你怎么说呢,警司?"

"我很愿意,长官,如果能提供一些实际帮助的话。"

"你呢,朗?"

"三个臭皮匠,顶个诸葛亮,长官。他可比臭皮匠厉害多了,"督察立刻答复道。

"非常好,"汉森先生说,"只要你能跟刘易斯市方面协商好,梅瑞狄斯,我们就这么定了。对了,福里斯特少校是你的上级对吗?跟他提我的名字——我们是同窗。别奇怪,同窗情二三十年后还管用。现在,让我们开始谈正事吧。到目前为止,你们已经采取了哪些措施?"

当朗跟局长汇报目前已经发现的事实时,梅瑞狄斯站在敞开的窗户边,盯着广场外。真古怪,他想着。如果是意外的话——怎么会有人大晚上摆弄弓箭呢?还是在二楼窗户边。如果是精心策划的蓄意谋杀的话,凶手怎么会选弓箭这奇怪的武器呢?而且这一箭并不容易,要从至少36米远的地方射穿一个人的头骨。就算窗户大开着,房间里灯火通明,但死者只有头部露出了皮扶手椅顶端。据普拉特所说,广场右翼房屋的业主都是射箭俱乐部的成员。不——等一下——这么说不是很准确。韦斯特已经从2号房搬走了。因此可以排除韦斯特的嫌疑。那么,只能是布恩小姐或马修斯牧师无意或故意射出这一箭的。这时,尚克斯出现……

他转身回到房间里,对汉森说道。

"警员已经召集齐我们想要的那些证人,长官。您想马上见他们吗?"

"不了,这件事就交给你和朗了。我建议你们找布勒先生再借一个房间,一个一个地询问。明天一大早再向我汇报吧,督察,今晚要不遗余力从他们身上收集信息。"

局长离开之后,督察找到布勒,安排好让证人们一个一个地来餐厅。本着女士优先的礼貌原则,布恩小姐是他们第一个关注的对象。她一脸愤怒挑衅的表情走进餐厅,表现得非常直接好斗的样子。

她一个一个打量着警官,突然厉声说道:"胡说八道些什么?我听说科顿中箭了。但拉我过来做什么?我什么都不知道。"

"别担心,女士,"朗悄悄朝梅瑞狄斯眨眨眼,"我们要确认一些情况。你个人什么都不知道,对吗?但你可能注意到一些奇怪的细节,但当时自然并没有把这些小细节与这件……不幸的事故联系起来。"

"我可不觉得那个人会死于意外,"布恩小姐哼了一声。"一个注定死于非命的人。要我说,那就是一个天杀的东西。"

"哦，放轻松，女士。放轻松，"督察阴沉着脸，不赞同地安抚道。"要知道，De mortuis nil nisi bonum①。这是我父亲教我的，如果你不熟悉拉丁语的话，这句话的意思大概是'对死者得诚实公平。'"然后又狡猾地补充道："不用问，你今晚肯定没有不小心在广场上发过——呃……不对，是射过箭？"布恩小姐恶狠狠地怒视着他，好像要生吞了他一样，连帽带皮一起。朗急忙继续道："没有——肯定没有。重点是——你有看到其他人在玩弓弄箭吗？"

"我简直不能忍受你乱七八糟的措辞——但不好意思让你失望了——我什么都没看到。"

梅瑞狄斯轻声打断。

"您当时在哪里，布恩小姐？"他迅速心算了一下，从科顿死亡到普拉特到巴尼特家大约过去了10分钟左右。"大约在9:20～9:40之间？"

"全家一起出去兜风。"

"什么？"

"遛狗，"布恩小姐简单解释道。

"在广场上吗？"

"当然不是了。我可没有蠢到想要引起邻里纠纷。虽然纠纷总是不请自来。我按一贯的路线走的——沿着修道

---

① De mortuis nil nisi bonum，拉丁语，直译为：对于死者唯有称美。

院大街，走到安妮女王新月街，进入维多利亚路，再上去到阿尔比恩……"

"大概要多久？"

"我自己的话，"布恩小姐骄傲地说，"20分钟。带上我的狗——至少一个小时。"然后草草地补充了一句："都是有原因的。"

"理解，"梅瑞狄斯微笑道。"所以当意外发生的时候，你是不可能出现在广场上的？"

"显然如此，"布恩小姐厉声说着，朝门口走去。"我想差不多了吧？"

"谢谢，"梅瑞狄斯说。

"好吧，"督察微笑着，胖手微微挥了挥。"能帮忙请牧师进来吗，女士？"

马修斯牧师对这一惨剧的态度与布恩小姐截然相反。他带着严肃、震惊、急于提供帮助的神情走进餐厅，就好像正走进一位失去亲人的教区居民的客厅里一样。但不管他有多么想帮忙，能提供的信息却非常有限。那个时候，他一直和他妹妹安妮在客厅里。他一直在精读（这是他的原话）《教会时报》，而他妹妹正专注于一件非常棘手需要耐心的手工。从下午茶时间开始他就没有在3号房里挪动过，而且怎么会有人愚蠢到在晚上那个时间练习射箭呢——好吧，好吧。他希望警方能够明白，没有一个词能形容这样的想法有多荒谬。

梅瑞狄斯问道:"你们的房间是面朝着广场的,对吗?"马修斯点点头。"窗帘是拉上的吗?"他再次点点头。"而你在9:20~9:40之间有恰好看过广场外面吗——我是说,有把窗帘拉开看看外面的夜晚怎么样之类的吗,先生?"

"绝对没有。那段时间发生了什么事我记得很清楚,因为按我们的女仆普鲁登丝的习惯,她会准时在晚上9:30给我们送阿华田。"

"好吧——那就只剩下菲茨杰拉德了,"牧师一离开,朗苦笑道。"而他房子恰好朝向不太对。"

"喂,"当银行经理走进来的时候,梅瑞狄斯想道,"这家伙看起来不太舒服。感觉一不小心就会精神崩溃。工作过度,我猜。"

然而对督察的问题,菲茨杰拉德的回答却非常平静理智。他对科顿去世这一消息的反应介于布恩小姐冷漠自负和牧师职业性的乐于助人之间。他说得不多也不少。从8点钟开始,他和妻子就在房子后面的书房里收听一场交响音乐会。他很肯定自己不会蠢到随意朝广场放箭。

在处理完这三位各异的证人之后,督察就科顿死亡的实际过程向布勒提取了书面证词,并结合记录了普拉特在检查完尸体之后的专业意见。梅瑞狄斯进一步向普拉特询问了一些关于韦斯特的问题,关于他什么时候离开广场,现在住在哪里等。随后,他又继续咨询了一些技术问题。

"就你看来,普拉特医生——在36米外的水平位置瞄准一个物体放箭,路径会是什么样的?"

"基本上是直线。但我想也不完全是。应该说是一条非常扁平的抛物线。"

"所以在36米外的位置,你不会把箭头直接瞄准目标对吗?"

"不,我觉得不会。你得预判一点重力带来的影响。"

"那你觉得在这种情况下,在黑暗中瞄准目标会很困难吗?"

"非常困难。要知道你得把箭尖完美对准准星。而在黑暗中很难看清箭尖倒钩的位置。"

"倒钩?"梅瑞狄斯迅速问道。"你说倒钩,是指箭头真的带倒钩吗?"

"天哪——不,"普拉特微笑道。"我们在打靶场的时候,做梦也不会想到要用这样致命的东西。普通箭头装的是一种锥形金属尖。事实上,虽然我多年来一直热衷于射箭,但其实我从来没有见过带倒钩的箭。除了在博物馆里。更别说真的用这样的箭。"梅瑞狄斯迅速转到另一个问询方向。

"那一个人要在36米外的地方射中一个直径约23厘米

的靶子，要怎样的水平才行，普拉特医生？"

"肯定得是个好手。一个水平不错的射手6次能中5次吧。"

"你能做到吗？"

"可以。但我射6箭，最多能中两三次金靶。"

"金靶？"

"抱歉，"普拉特不好意思道，"这是我们特殊的行话，就是一般人说的靶心。"

"我明白了。那韦斯特先生是一个好射手吗？"

"我得说是一个非常厉害的射手。也许发挥不是很稳定——但当他手感特别'顺'的时候，广场上没人能赢过他。"

"谢谢，"梅瑞狄斯推开他的笔记本结束道，"我想我们不需要再耽误你的时间了，先生。"但当看到朗督察笨拙地走进房间后，又补充道："除非督察还有别的什么想问的。"

"没了，多谢。你的陈述已经足以为我的正式报告提供依据。晚安，先生。"

医生一离开餐厅，梅瑞狄斯就问道：

"你溜到哪里去啦，朗？去喝了一杯吗？"

"我可没有。我去打电话叫我们警局的摄影师来一趟。我想最好给楼上的静物来几张照片记录。"

"好主意,"梅瑞狄斯表示同意。"在此期间,问问布勒有没有屏风和画纸怎么样?"

"用来干吗的?请原谅我的无知,但我不明白这些东西能用来做什么,"朗说着推开他的尖顶帽,抹了抹额头。

"我们先收集这些需要的东西吧,"梅瑞狄斯回道,"然后上楼,我再展示给你看。"

5分钟后,需要的道具被收集齐,在股票经纪人紧闭的书房门后,三位警官开始工作。

"那么现在,尚克斯,我需要你用图钉把这张画纸固定在这扇屏风外面这层的上半部。"

当警员忙着这项任务的时候,布勒的老管家通报摄影师到了。

"啊,你好,斯廷斯——摄影机都带了吧?我们想给这个家伙拍五六张照片。我给你介绍一下——这位是梅瑞狄斯警司。罪犯的噩梦!"

斯廷斯笑了,热情地与他握手,说着"幸会幸会"。与此同时,朗把敞开的落地窗户厚厚的窗帘拉上。

然后在充作闪光灯装置助手的督察的专业指导下,从不同角度给尸体拍照。斯廷斯保证第二天一大早让朗拿到照片,然后在喝完一杯后(因为布勒不介意让督察注意到了一边的酒水),自己下楼,开车离开了。

"那么现在,尚克斯,"门关上后梅瑞狄斯说道,"准备好了吗？好的。把屏风搬到这里来。小心！天哪，别碰到箭杆！"

梅瑞狄斯小心翼翼地把屏风挪动到指定位置，然后在不碰到箭杆的情况下把画纸铺平与箭杆平行。然后更加小心地拿出一支铅笔，完全对照着箭杆的位置在纸上画出一条粗线。作为额外的预防措施，以防之后东西位置有移动，他拿开垫子，用粉笔在拼花地板上标记好屏风和皮扶手椅椅腿的位置。随后，他心满意足地后退一步，欣赏着自己的手工作品。

"这是什么把戏……"朗一脸迷惑好笑地问道。"什么客厅游戏吗？"

梅瑞狄斯笑了。

"这只是我的一个小想法，朗——但我觉得可能会有帮助。我解释一下。现在我们急需弄明白一件事，就是这支箭是从哪里射出来的，对吗？"朗嘟囔了一声表示同意。"很好。我们没办法从嵌入尸体的箭头看清楚，因为被科顿的头挡住了。但现在我们在水平和垂直角度都被固定好的画纸上，匹配这支箭的位置做了标记。现在我们只需要找一个弓箭专家，把椅子拉走，然后让他根据这条铅笔线的位置模拟一下射箭路径。他应该能够告诉我们这支箭到底是从什么地方射出来的，最多一米左右的误差。"

朗赞许地点点头。"听起来和睡前故事一样精彩。真聪明，长官。一个相当聪明的点子。记下来，尚克斯。"然后他突然又换了一副表情说道，"现在让我们把箭头拔下来怎么样？"

"稳住！"梅瑞狄斯大叫。"先别碰它。"

朗眨眨眼。"指纹？你是在担心这个吗，长官？我也是这么想的。但你不需要担心。我刚刚在这里给斯廷斯打电话的时候，已经检查过箭杆了。"

"结果呢？"

"什么都没有。"

"什么意思——肯定有东西的。不可能有人射箭不碰到箭杆的，不是吗？"

"我也是这么想的。箭杆表面经过抛光，非常光滑——是最容易留下指纹的那种表面。但重点是——什么都没有。没有螺纹。没有不完整的指纹。给我的感觉就是那个发射——该死的，又说错了——那个射出这支箭的家伙可能有点花哨。他戴了手套。很古怪，不是吗，长官？"

梅瑞狄斯点点头。

"不只是古怪，朗。这是某种暗示，甚至是明示。我觉得验尸官可能没办法判定这起事件为意外了。"

第五章

5号房的盗窃案

几分钟后,当拔箭这项可怕的任务也终于完成之后,梅瑞狄斯越发觉得不可能判决为"意外死亡"。法医与射箭专家普拉特医生不都表示过不会有人在常规练箭的时候用带倒钩的箭头吗?他手握着血迹斑斑的箭杆(和警员借了一副手套),一面轻轻地转动着箭杆,另一面轻声问自己——那么,为什么?为什么这支箭是带倒钩的呢?从表面上看,似乎只有一个可行的解释。箭头之所以有倒钩,是因为射箭的那个人意在谋杀!从各方汇总的信息来看都让这个猜测越发可信。首先——所有已知的射箭俱乐部成员当晚都没有碰过弓箭。其次——即使用的是普通箭头,谁会蠢到朝一扇亮着的窗户射箭呢?再次——如果广场上真的有人不小心放了一箭,他们肯定会跟着箭射出去的方向,看看他们鲁莽的结果。但没有人站出来。最后——箭似乎是从广场右边三栋房子其中一栋的二楼窗户里射出来的。然而其中两栋的房主，布恩小姐和马修斯却表示绝不知情。因此，即使箭真的是从1号房或者3号房射出来的，也是在房主不知情的情况下发生的。现在只剩下2号房——那栋空房子。

"我感觉，朗，"梅瑞狄斯一边小心翼翼地用纸巾把箭包起来，一边说，"这堆麻烦的来源一定是中间那栋房子。我想我们可以现在溜过去看看。虽然我不觉得会发现什么有用的线索——如果箭真的是从那栋房子里射出来的，射箭的人也有足够多的机会悄悄溜走。"

督察也是这么想的。

"明天，"朗补充道，"我们应该联系上那个叫韦斯特的家伙。我们知道他也是射箭俱乐部的一员。也许他不喜欢这个叫科顿的家伙。"

"他是不喜欢，"梅瑞狄斯静静地说，"虽然我只在这里待了三天，但已经听到了一些流言蜚语，朗。就我所知，科顿把他的家庭生活弄得一团糟。韦斯特太太对他的疏远，等等。貌似韦斯特有绝好的动机来……"

梅瑞狄斯话说到一半，意味深长地对朗微笑。

"哦，继续啊！"督察活泼地催促道，"你不用害怕会吓到这个年轻人。他听过这个词，以后还会不断听到的。对吗，尚克斯？我的伙计，你知道谋杀是什么，不是吗？

如果不知道，这个小场面会让你明白的。别担心，长官，验尸官不会轻易完结这个案子的。事实太过明显，无须多言。科顿绝对是被谋杀的——没错，而且是带着恶意的预谋杀人。我们需要和这个韦斯特先生聊聊。"

这时传来一阵敲门声。尚克斯把门打开。神色仍很苍白不安的布勒先生正探询地站在走廊上。

"怎么了，先生……"梅瑞狄斯问道。

"呃……关于尸体的事，警司。我不知道现在移动尸体是否违法。但我的管家，"他虚弱地笑了笑，"其实我自己也觉得有些——这个，有些尴尬……你明白的吧？"

"当然。别担心，布勒先生。没理由不能把科顿先生的尸体移回他自己家。让我想想，是这栋房子……"

"旁边——右边那栋，"布勒说。"如果你需要一张床单，我可以……"

"多谢。"

当股票经纪人带着床单回来后，朗和尚克斯用它把尸体盖住，然后从警车上拿过来一个担架，把尸体抬下楼，抬到广场上。梅瑞狄斯跟在他们后面，在正要跨过前门台阶时，回头问布勒道：

"隔壁有人在吗？我模糊记得科顿上尉是独居的。"

"是的——除了他的男仆阿尔伯特。"

"多谢。我们明天早上会再回来的，布勒先生。希望你不要介意,出于预防考虑,我把你书房锁上了,然后拿走了钥匙。这算是我们的一种惯例。"

当这一小队送葬行列爬上通往5号门廊的台阶时,房子里似乎空无一人。但梅瑞狄斯想着男仆可能住在房子的后面,还是按响了门铃,让其他人等一下。一阵沉默之后,他又按了一次门铃。仍然没有答复。他试着动了一下前门的把手,发现门没有锁,就先两位担架手走进漆黑的门厅,沿着墙壁摸索着电灯开关。突然之间,他停了下来,仔细听着房内的动静,并低声命令其他人也这么做。一开始他不是很确定,但随着房间变得一片寂静,他很确信自己听到了从看不见的楼梯上传来一阵鬼鬼祟祟木板嘎吱作响的脚步声。他厉声大喝道:

"有人在吗?谁在那里?"没有回应。"快!"他回头低声道。"扔掉担架,朗,打开手电筒。走廊尽头绝对有人。该死的,希望能立刻找到电灯开关!"

但就在朗和警员卸下担架这段短短的时间里,正如梅瑞狄斯猜测的那样,前方传来一阵快速嘈杂咔嗒响的跑步声,现在下到了地下室楼梯,传来一声模糊的咒骂,更多脚步声,然后是响亮的摔门声。在摔门声响起时,督察的手电筒光恰好穿透了黑暗的门厅。梅瑞狄斯如闪电般迅速地打开电灯开关,发现在地下室楼梯口上还有一个开关,猛冲了过去,穿过一个类似厨房的地方,有一扇镶着彩色玻璃窗格的门，通往一个杂乱无章的花园。就在近旁的朗举起他的灯把院子每个角落都一一照了过去，但正如梅瑞狄斯预料的那样，什么人都看不到。在花园尽头，一个敞开的大门指明了神秘闯入者的去向，但尽管尚克斯沿着小路冲了出去，在这排房屋背后的小巷里四下查看，仍然没有逃犯的踪迹。

"我想知道那个该死的人是谁？"当三人回到屋里，爬上楼梯来到门厅时，朗暴躁地问道，"他是想搞什么恶作剧吧——肯定的。不可能是他的男仆吧？——他好像还没有出现。"

"如果是的话——他为什么要这样跑掉呢？"梅瑞狄斯问道，"如果真的是阿尔伯特，我不明白他的古怪行为和隔壁房子发生的事有什么关系。他还不知道发生了什么事。但当然，除非有人跟他通风报信了。"

"有这个可能，"朗表示同意，"现在把遗体放一下怎么样？我一直觉得卧室是最好的选择——更舒适。"

在尝试打开了二楼的一两扇门之后，梅瑞狄斯发现了科顿的房间。他们把尸体从担架上搬下来放到床上。随后尚克斯把担架放回警车里，其他人则继续探索二楼剩余的房间。在宽敞的楼梯平台尽头有一扇门，打开后督察吹响了一声长长的口哨。

"看吧——如果这不是一个重要线索，长官，我就从警队辞职。看到那个保险箱了吗？看到那些零散的文件了吗？就跟埃德加·华莱士①的剧里第二幕的舞台布置一样，不是吗？这肯定是科顿先生的至圣所——写支票和情书的地方。不知道科顿这家伙有没有逃过一劫？"

梅瑞狄斯迅速走到保险箱前，把半开的保险箱门打开，往里看。保险箱底部四散着一些钞票，大多是英国央行发行的面值5英镑的钞票。

"这里的钱还挺多的，但他是否——谁——快听——谁在那里？有人上楼来了？"

"是尚克斯啊，"朗说。

"我知道，但他在跟谁说话？"

警员的同伴出乎梅瑞狄斯意料，那是一个穿着不合身黑色外套和条纹裤子的瘦弱小个子男人，眼睛非常明亮——毫无疑问就是那个失踪的男仆，阿尔伯特。

"天哪，长官，"他一进房间就上气不接下气地喊道，"我听到那个关于主人的消息？死了？是真的吗？帮帮我吧——这不可能是真的。我几小时前才跟他说过话——就在他去找布勒先生之前。"

"你是阿尔伯特？"朗不耐烦地说道，在面对社会地位比他低的人时习惯性地拿出他最官方的语气。"围着科

---

① 埃德加·华莱士（Edgar Wallace，1875–1932），英国犯罪小说家、编剧、导演，世界著名畅销书作家，代表作有《金刚》《十三号房》《警探笑翻天》等。

顿上尉转的陀螺?"

"我不懂您在说什么,"阿尔伯特困惑地回道,"但我是他的人,如果您是在说这个的话。我叫阿尔伯特·克里姆普,从他1919年复员之后就一直跟着他。"

"我们刚才按门铃的时候你怎么不在?"朗继续充满怀疑地问道。

"我去寄信了——信箱在广场另一头的惠灵顿路上。"

"是这样吗?"朗冲梅瑞狄斯使了个眼色。"去寄信。好吧。我能问一下这信是寄给谁的吗?"

"当然。是一个叫弗雷迪·弗林特的家伙——是个赌注登记人,如果您想知道的话。"然后又特意补充道:"*是官方登记过的*。"

"地址?"

"格洛斯特国王路14号。"就在督察做笔记的时候:"哎呀!这是怎么回事?保险箱被人撬开了——上尉在这箱子里锁了3000英镑。不会全部都不见了吧?"

"3000英镑,"梅瑞狄斯打断道。"你确定吗?"

"我当然确定了。是从他姨妈那里得来的钱。我警告过他把这笔钱兑换成现金不安全,但他总是很顽固。"

"有没有听你主人提起过其他亲属?"

"没有。不觉得他还有别的亲戚。"

"他有什么工作吗?"

"有的，长官——他在车站路的约翰逊汽车城工作。他是那家公司的销售主管。"

梅瑞狄斯和朗做了一些笔记，从不安的男仆那里获得了以下信息：1.他的主人在广场上并不是特别受欢迎。2.他与近邻布勒先生和菲茨杰拉德先生只是泛泛之交。3.他从不娱乐。4.有很多关于他主人和韦斯特夫人的流言蜚语。

"现在听着，阿尔伯特，"当询问结束之后，梅瑞狄斯说道，"我现在要把这个房间锁上，把钥匙拿走。我们会把你主人的尸体放在他卧室的床上，在死因审理之前尸体一直都会放在这里。在此期间，你最好对这起入室盗窃案守口如瓶。如果在死因审理时我们联系不上科顿上尉的亲属，我们可能需要你出席来证明他的身份。"

一出门来到广场上，朗就立刻转向梅瑞狄斯，敏锐地指出："真奇怪阿尔伯特进门的时候竟然上气不接下气的样子。肯定是拼命从信箱那边跑回来的，不是吗，长官？"

"没错。我也是这么想的。还有一件事，朗——你注意到他有一次提到保险箱说的是黑话①。"

"罪犯的行话，对吗？"

"没错——也许应该看一下我们的朋友阿尔伯特·克

---

① 原文 peter 也是保险箱的意思，但多用于俚语俗语。

里姆普是否有犯罪记录。他可能比较机灵，不会在保险箱里留下指纹——当然他也可能没那么机灵。"当他们并肩向空房子走去的时候，梅瑞狄斯补充道。"怎么处理这栋小房子呢。要不你看一看房子后面，我处理房子前面。等尚克斯把车从布勒家开过来之后，我找他搭把手，用一下他的手电筒。"

等车在2号房对面停妥之后，三人埋头开始工作，有条不紊地检查着一楼的每一扇门窗。但5分钟之后，他们没有发现任何线索。所有门都是锁上的，窗户也是关好闩上的。梅瑞狄斯随后把注意力转到了二楼的窗户，因为他们在外屋发现了一架短梯，但依然没有任何结果。虽然他特别检查过面向广场也就是面向布勒阳台房间的3扇窗户，但完全没有发现任何被破坏过的痕迹。这几扇窗户都是关着的，用金属窗钩从里面固定住的。他站在梯子上观察对面股票经纪人没有开灯的家。虽然书房里没有灯光，但随便一瞥都能明白，从任意这3扇窗户看出去都能清楚看到科顿坐着的扶手椅。

在这部分调查结束后，朗和梅瑞狄斯对案件进一步分析之后，都认为继续下去毫无益处。等梅瑞狄斯就拟定的计划给刘易斯警局的福里斯特少校打电话，说服少校表示他应该协助处理此案后，两人商量好第二天早上10点在布勒家见。随后，朗和尚克斯上了警车离开了，梅瑞狄斯一路沉思着回到8号房，房主人正等着用一杯令人愉悦的睡前饮料招待他。

第六章

问　询

虽然科顿上尉在摄政广场这个圈子里，并不是什么受欢迎，甚至说起来不怎么被接纳的人物，但他悲惨离奇的死依然在这个U形建筑群里激起一阵恐怖和不安的涟漪：这样的事居然真的会在这里发生！他们的清净生活将被庸俗的观光客和贪婪的新闻记者打破！他们深深喜爱的这处隐居地的照片将会在报纸新闻上传播开来！这简直令人难以置信！无法接受！糟糕透顶！

"听着，亲爱的，"惨剧发生的两天后，威尔弗雷德爵士一边吃着早餐的猪肝和培根，一边说道，"这个地方变得越来越难以忍受。上帝知道我是个民主的人——但我也是有底线的。说真的。有些人似乎觉得这样的事情是可以用来套近乎的借口。为什么呢？就在昨天，怀特，我的烟草商……"

"我知道，"他的妻子叹了口气。"这些人怎么能这么不体谅人呢，真是太糟糕了。为什么那个讨厌的人要在这里，在广场这里被害……"她又叹了口气。"当然——他就是那种人。虽然说起来不好听，但都是实话，他就是一个哗众取宠吵吵闹闹的人，完全不尊重他享受美好生活的邻居们。想想那辆可怕的摩托车——咳！"

"我想，"威尔弗雷德爵士沉默了一会儿后说，"我们应该离开。"

"离开？"

"没错，亲爱的，去法国南部。就今天。我们总是还没反应过来自己在哪里就又被人纠缠上了——没错，即使在白馆里也躲不开——那些该死的无礼的记者，"他补充道，"更别提警察了。"

这段对话发生在6月16日，就在那天，白馆的条纹遮阳棚被收了起来，沉重的木质百叶窗被关上，所有窗户都拴好固定住。仆人们也都放假离开了。

也许在广场上所有人中，瓦特姐妹是遭受最多痛苦的。因为这起恶名昭彰的事件，天性安静又腼腆的姐妹俩突然发现自己暴露在世界的注目下。原本每天早上到矿泉水供应室的短途旅行，与其说是因为需要取水，不如说是想享受一点无伤大雅的愉快闲聊，听听音乐什么的，但现在却完全被破坏了。不过是点头之交的人也会靠近她们，一屁股坐在相邻的椅子上,想要知道那耸人听闻的惨剧的最新花絮。她们对犯罪相当浅薄可怜的兴趣被充分满足了,因为她们不安地发现自己一觉醒来,恰好置身其中,无法摆脱。

对她们来说,事情实在发展得太快了。一开始传言说科顿上尉是意外中箭的,但验尸官的死因审理表明情况可能不是这样。科顿上尉是被"一个或多个不明人士谋杀的"。谣言再次登场:说马修斯牧师被怀疑与凶手合谋;威尔弗雷德爵士与埃莉诺夫人畏罪潜逃;菲茨杰拉德是凶手;普拉特医生才是凶手;可怜的韦斯特先生在正要搭船去多佛的时候以谋杀罪被逮捕;布恩小姐射杀了她所有的狗,然后试图自杀。各种正反对立的意见和建议如潮水般席卷而来,裹挟摆弄着越发想要逃避的瓦特姐妹,让她们陷入迷惑不解中。感觉随时都有可能因为某些不公审判,被警告说过的任何话都会被以书面形式记录下来,(可能)被用作呈堂证供。

在5号房进行的死因审理结束之后,"好吧,"梅瑞狄斯说着在督察办公室的椅子上坐下。"就是这样了,朗。当然是预料中的必然结局。考虑到我们提出的证据,我不觉得会有什么其他裁定。纽瓦克医生对于箭头进入头骨肉质部分没有被骨头偏转方向这一观点给了我们很大帮助。不然他们不一定会接受我们专家的意见,也就是箭一定是从空房子的三扇窗户其中一扇射出来的。"

"屏风那一招相当聪明啊,长官,"朗钦佩地说。"让我们的理论更加明确,变成一个很好的互相佐证的事实。顺便说一句,我找来做测试的那位休·布赖恩特先生是一位国际射箭手,代表英格兰出战过。如果需要咨询任何专业的东西,找他准没错。"

梅瑞狄斯表示同意。

"好吧,现在我们已经拿到判决结果,督察——下一步要怎么做呢?"随后又真诚地松了口气:"谢天谢地,刘易斯的头儿不反对我在这里和你们一起工作。也是因为你有风度,朗。"

"你可能不相信,长官,"朗毫不在意地挥了挥他的胖手。"就像诗人说的那样,我可从来不和绿眼怪兽①打交道。谋杀案就是谋杀案,仅此而已。只要能破案,谁升职对我来说一点都不重要。但长官,问题是我们能破案吗?动机是什么?这似乎是我们首先要解决的问题。"

梅瑞狄斯建议道:"你觉得绿眼怪兽怎么样,朗?忌妒是一个非常强力的刺激物。你记得我跟你说过的科顿和韦斯特夫人的事吧?韦斯特是有动机的,不是吗?"

"没错,"朗沉思着说,"我从周一开始就一直在想我们的朋友韦斯特。注意,我还没见过他本人。但我觉得在

---

① green-eyed monster,直译为绿眼怪兽,忌妒的非正式说法。

拿到判决结果之后再去审他比较合适。"说着伸手从桌上拿起一张纸。"但尚克斯收集到了一些关于他的有用信息。住在乔治街25号——就是高街出来的地方，长官。两间不带家具的房间。一个名叫埃米特的老太太为他打理家务。正如广告里说的那样，从他选择的住处来看，显然正处于比较窘迫的境地。虽然还算干净体面，但注意，跟摄政广场相比落魄很多。据埃米特夫人说，他也在四处寻找工作——在四十岁的年纪——这本身就很说明问题了。尚克斯随意问了一些关于周一晚上的问题，但这老太太的记忆就跟筛子一样。说他好像一晚上都待在家里，好像看见他房间里有一盏灯亮着等等这之类的东西。完全没有参考价值。如果你问我怎么打算的话，长官——虽然你没问——但我建议午饭的时候我们再去找韦斯特聊一聊。"

"好的，朗——这件事就交给你了。我们最好不要大批出现把那家伙吓到了。盗窃案怎么说呢？与韦斯特有什么联系呢？"

"第二个动机，"朗强调道，"3000英镑对一个经济拮据的家伙来说可不是一个小数目。可惜我们没办法从保险箱里提取到任何指纹。"

"难道你期望会有吗？"梅瑞狄斯语带讽刺地问道，"如果这两件事真的都是韦斯特做的，那么保险箱里肯定不会有指纹。箭上就没有，不是吗？如果他第一次作案时就采取了预防措施,那么第二次作案肯定也会有。这说明我们的思路是对的。"

"也就是说,"朗补充道,"当我们把遗体搬过去的时候,从楼梯上逃跑的人也是韦斯特。那阿尔伯特呢?记得他当时呼吸有多么急促吗?"

"很复杂。"

"确实。"

"好吧,你去找韦斯特,告诉我结果就行。我想自己再去调查一些事情。你能给我布赖恩特的地址吗?"

当朗照办之后,梅瑞狄斯漫步走向摄政广场,计算着回到广场刚好是午饭时间。现在已经证明箭是从空屋子里射出来的,事情看起来对韦斯特来说肯定不是很妙。只有他和处理这处房产的房屋中介可能有空房子钥匙。由于门窗都没有被破坏的痕迹,那么就必须用钥匙。韦斯特是一位射箭好手——"手感好"的时候特别出色。他有两个很合理的杀人动机。当然事情很大程度上取决于周一晚上他能提供什么样的不在场证明。但无论如何,到目前为止他还没有犯离开切尔滕纳姆这样致命的错误——但这对证明他的清白有利也有弊。他很可能打算等周三早上验尸官的判决出来之后再做决定。朗到乔治街的时候,很可能那里已经人去楼空了。

"韦斯特先生在吗?"朗问道,面色阴沉的埃米特夫人打开了一条宽15厘米的门缝,只有她细长的鼻子露了出来。

"午饭时间谁都不见,"她粗暴地说着,把门缝从15厘米减到7厘米。

穿着便衣的朗对这样的反应已经习以为常了,伸脚用他结实的靴子把越来越窄的门缝卡住。

"我想他会见我的。我是朗督察,埃米特夫人。如果他在的话我想和他聊聊。"

埃米特夫人非常怀疑地看着督察,很不情愿地把门打开。

"哦,好吧。上楼梯之后左边第一道门。希望没有什么不好的事,对出租不是很好。他看起来一直是一个很不错的体面人,当然,一切都说不准。"

"如果我说他只是忘了给他的养狗执照缴费呢?"

"我可不相信,"埃米特夫人突然哼了一声。"因为他没有狗。"

朗的蓝眼睛在浓密的眉毛下闪了闪。

"那么,也许是我弄错了。谢谢你,埃米特夫人——到时候我会自己出去的。日安。"

督察爬上楼梯,闻到一股似乎煮卷心菜和牛油布丁的味道,然后上到一个肮脏的楼梯口。楼梯口放着一个红木帽架和一张小桌子,桌上摆着一个猫头鹰标本、一个装着人造康乃馨的花瓶和一个衣刷。架子上挂着一顶帽子和一件雨衣。一阵缓慢的脚步声穿过房间来应门,这次开门的毫无疑问是埃米特夫人的房客。

"韦斯特先生吗?"韦斯特点点头。"我是朗督察——我可以进来吗,先生?"

"当然。但我刚吃完午饭,所以不好意思房间有点乱。"他苦笑地说着。"坐那把柳条椅吧,督察,比其他椅子稍微干净点儿。好吧——什么事呢?我猜是摄政广场的麻烦吧?"

"完全正确,先生,"朗带着一贯为了舒缓证人情绪的微笑说道。"你可能还不知道——但在今天上午的死因审理会上,验尸官判决此案为谋杀。"

"谋杀?"韦斯特静静地重复道,但显然对这个消息感到很震惊。"不——我完全不知道。多么可怕的一件事!我想您不会知道凶手……"

"到目前为止完全没有头绪,先生。不如老实跟你说,我们还在探索中。报纸上可能说即将发起逮捕,但那全部都是……胡说八道。目前我们只知道一件事,那就是杀死科顿上尉的箭是从你房子二楼的窗户射出来的。"

"不可能!"韦斯特抗议道。

"为什么?"

"那房子全都被锁上了。我有一把钥匙,房产经纪人格雷格和福斯特手上拿着另一把钥匙。"

"他们有没有可能把钥匙借给某位潜在的买家呢？"

韦斯特相当无奈地笑了笑。

"没这么好运的。现在对这类房子的需求很低。2号房就是个昂贵的摆设，督察。我今天才跟格雷格聊过。他一次买家问询都没接到。如果我有钱，我会把那地方改造成公寓的。"

"那你怎么解释……"朗开始费力地追问。

"我不知道，"韦斯特打断道，"除非那个地方被人闯入了。但我想这应该是你的责任来告诉我到底是不是这个情况。"

朗表示同意，接着继续解释了他是怎么调查那栋房子的，但发现一切都井然有序。然后一点一点地，在看似随意不相干的问题中插入生动的注解和修正，慢慢地把话题引到韦斯特周一晚上的动向。但对方立刻发生了变化——之前不假思索地回答变得更加深思熟虑和谨慎。他的眼睛里隐隐约约露出一丝焦虑，试图把他的不安隐藏在迷惑不解的惊讶面具下。

最后他爆发道："但我已经告诉过你了，督察——我整个晚上都没有出过这个房门。你有什么理由怀疑我的话？你为什么认为我会闪烁其词？"朗保持沉默，把手摊开放在他的膝盖上。这个手势似乎在说："你应该最清楚这一点。"这个影射让韦斯特变得异常激动。督察明显的推断瞬间把他的愤怒激到沸点。"但天哪，伙计——你不会是觉得我和这件事有什么关系吧？有人看见我在广场上吗？或者在广场附近看到过我？我有什么理由要杀科顿？这个想法不仅令人恶心——而且是该死的侮辱。"

"冷静，先生，冷静，"朗喘着粗气，有点震惊对方的反应如此猛烈。"你这是在妄下结论。在目前的情况下，我必须问这些问题。没有要针对个人的意思，我只是想知道事实。那是我们最主要的办案材料，这你可能知道。现在——你说你从5点开始一直都在这个房间里——为了让事情更加明了，你觉得你有没有什么独立证人可以证实你的说法？比如埃米特夫人？"

"嗯，她8点钟给我送过晚餐。"

"然后来收过餐盘吗？"

"是的——我记得是8:45的样子。"

"你那天晚上还有再见过她吗？"

"不——我没有。所以你必须自己下结论，并采取相应的措施。如果我的话本身不足以说服你……"

"没错，"朗直言不讳地说道，嘟囔着从柳条椅上站起来。"这一切，先生，只是为了排除可能的嫌疑人——仅此而已。很抱歉让你感到不快，我也不喜欢惹恼别人。你可以相信我，这一切都不是针对个人，韦斯特先生。"

"我承认自己有点草率了,督察,"韦斯特道歉道,然后又惊人地坦诚道:"我想警方应该已经知道不少我的家庭情况了吧?比如,我妻子和科顿之间的关系?"

"我们不由自主总能听到一些传闻,"朗承认道,深深感叹流言蜚语的背信弃义。"我们没办法强迫一个人开口,更没办法阻止别人说话。希望你的生活现在已经理顺一些了,先生。"

韦斯特心不在焉地点点头,穿过房间来到大理石装饰的壁炉架边,从一个托比罐里抓了些烟叶装进烟斗里。觉得警方与其听从他邻居们的胡乱描述,不如直接听他讲事实,于是又开始说话了。这次他开口很迅速,没有感情,像是在背诵一段熟识的文章一样。朗坐回到椅子上,聚精会神地听着,警惕着这段主动提供的信息中是否有什么反常的细枝末节。

大体来说,是一个非常普通的故事。一个铺张浪费有些轻浮的女人嫁给了一个聪明但严肃的男人。因为股市的一次失利导致的金钱危机——妻子拒绝根据实际经济状况裁减她的衣物开支。然后一个冒险家登场,那种油嘴滑舌老练的浪子型男人,对某类女人有种难以言喻的吸引力。最后是不可避免的争吵、分居。

"最后我就落到了这里,"韦斯特总结道,"43岁的年纪,像年轻人一样四处奔波找工作,任何工作。我不得不收起自己的骄傲，向几乎只有我一半教育程度和我一半年纪的年轻人低头。但问题是我从来没有受过普通意义上的谋生训练。你没办法从生物研究中赚钱；你得花钱做研究。挺讽刺的，我现在得靠自己继承的遗产为生。我的财产损失太大了，除非有什么转机出现……"他说着举起手，做了一个绝望的手势。"我浪费了多少时间在显微镜下审视生命啊。你们的方式，与人类直接打交道的方式，从长远看来才更安全更理智。相信我这句话吧！"

"好吧，我从来没有什么遗产可以失去的，但我得到的东西已经足够让我舒服地过日子了。有些人可能会觉得这样的谋生方式很奇怪，靠处理同胞的不当行为谋生。但这很有趣，让你思考。也很有启发性，因为在这一行里能遇到各种各样普通生活中遇不到的事。比如说，射箭——四天前我对这个运动的了解……"朗用自己矮胖的手指打了个响指——"就这么多。"

当梅瑞狄斯坐在休·布赖恩特的凉亭里时，他的看法似乎与其下属的见解如出一辙。

"在这样的问题上，布赖恩特先生，我们必须寻求专家的帮助。犯罪会让我们接触到各行各业的专家——体育、商业、法律、医学，等等。对这些专业我们通常只知道一些皮毛。因此才有了这次拜访。"

"你想要知道什么信息呢？"

"首先，"梅瑞狄斯说着小心翼翼地把一支箭从棉纸中取出来，"这个！"

布赖恩特不情愿地伸出手。

梅瑞狄斯笑了。"没关系的，先生，不需要你上手碰它。我只希望你能仔细看一下，看能不能告诉我一些有趣的事情。比如，哪里可以买到这种箭？倒钩是买过来之后自己添加的吗？箭杆和你用的箭杆一样吗？"

梅瑞狄斯捏着尾端旋转着展示这支箭的每一面，在经过一段长时间的仔细检查后，布赖恩特收回身，踌躇地说道：

"恐怕我没办法告诉你太多信息，但我得说这个带倒钩的箭头毫无疑问是特别安装到这个普通箭杆上的。这是一根普通的71厘米长的箭杆，说明它配的弓应该是1.83米长的。但箭杆上有一个很不同寻常的地方。你注意到和箭尾端搭弦处齐平的地方有一块深色斑点吗？"

"这里，"梅瑞狄斯用指尖示意道，"是的——我以为这是木头材质的问题。"

"从某种意义上来说没错，"布赖恩特同意道，"只是这个位置恰好是制造商的名字被印在木头上的地方。在我看来，制造商的名字好像被小心划掉，然后用一片薄薄的塑化木补上去的，以免影响箭射出去的路径。能注意到，这里的颜色不一样，不是箭杆本身的普通红色。"

"你看,一个专家多有用,"梅瑞狄斯赞许地笑着说。"我就意识不到这个小缺陷的重要意义。所以你觉得这个箭杆应该是出自某个出名的制造商?"

"肯定的。艾尔、加米奇、哈罗德——任何一个专业运动员都会用。但箭头的外观差别很小,如果没有制造商的印记,很难说箭头是在哪里买的。"

"倒钩呢?"

"这就难倒我了。很可能是手工锻造的。我的意思是,这样的箭头需要从体育公司特别订购,因为通常来说装的都是普通箭尖。如果这支箭是为了犯罪用,那么订购的风险很大。如果是手工制作的,那么它的重量和被拆除的原箭尖的重量不会一致。但事实上,如果他知道自己这一箭射不远,稍微重一点的箭头反而更有利。可以让他更好地近距离平射。"

"普通箭头的重量和长度是否都不一样?"

"天哪——是的。我们都有自己的特殊习惯——就像高尔夫球手一样。我习惯用4先令9便士的箭头——感觉和我的弓更配吧,我猜。"

"你觉得这个价格算贵吗?"梅瑞狄斯实事求是地问道。

"贵?我不明白……"

"4先令9便士。"

布赖恩特笑了:"听着!我们说到两下里去了。4先令

9便士是箭头的重量。你看，我们是用先令的重量来计算箭头的重量的。一枚普通的先令就是一个重量单位。有些人喜欢轻一点的箭头——比如4先令重的箭头。但这个家伙好像和我用的箭头重量差不多。如果你想确定这一点，我建议你可以借一个天平，把箭头和4先令9便士一起称一称。当然都得用银的！"

在记下这些可能对案件有一定帮助的信息之后，梅瑞狄斯开始对担任惠灵顿俱乐部队长的布赖恩特就俱乐部某些成员的情况问了一些问题。他们的射箭表现怎么样？用的是什么样的弓？箭头通常是多重等……15分钟之后，他起草了下面这样一份综合清单。

布恩小姐——水平还可以——箭长66厘米——重3先令6便士——弓长1.7米

韦斯特——水平良好到优秀——箭长71厘米——重4先令9便士——弓长1.8米

马修斯——水平不错——箭长71厘米——重4先令6便士——弓长1.8米

菲茨杰拉德——水平不稳定——箭长71厘米——重4先令9便士——弓长1.8米

普拉特——水平良好——箭长69厘米——重4先令——弓长1.8米

在感谢完布赖恩特提供的信息和他的耐心之后,梅瑞狄斯穿过高街回到警局。在高街上时,他进了一家药妆店,在一位药剂师的帮助下称了一下箭头的重量。正如布赖恩特所预料的那样,天平正好平衡在4先令9便士上。他带着这条信息走进朗的办公室,发现督察也刚从乔治街回来。在充分交流完各自的调查结果之后,他们自然而然地开始讨论起可以重新的事实中推出什么样的合理假设来。

从表面上看,朗到埃米特夫人家的拜访是失败的。韦斯特一直到8:45都是有不在场证明的,但之后他说自己没有离开过住所只有他自己能证明。在之前的调查中布勒表示,悲剧发生的时候,他书房的钟刚好敲响了9:30。因此韦斯特只有45分钟的行动时间,他至少要走到摄政广场,进入他的房子,射出那致命的一箭。在广场上的所有箭手中,他似乎是唯一一个无法提供令人满意的不在场证明的人。布恩小姐和她的狗出去了——这是她在那个特定时刻固有的习惯,虽然到目前为止还没有得到佐证。马修斯和他妹妹在一起,这一点尚克斯在完全没有引起对方怀疑的情况下,巧妙地从女仆普鲁登丝那里得到证实。菲茨杰拉德和他妻子一直在里屋收听广播。但他们的管家出门看电影去了,因此没有无利害关系的证人可以保证这一说法的真实性。普拉特接到一通电话出门去了,直到惨案发生后才回到广场。但到目前为止，这通电话的真实性还没有得到证实。

从不在场证明这个问题出发，他们开始研读梅瑞狄斯的清单。在广场上的5位箭手中，只有两位惯用4先令9便士的箭头——韦斯特和菲茨杰拉德。而在这两位中，据布赖恩特的评价来看，韦斯特的射箭水平无疑更好。此外，巴尼特还从瓦特姐妹那里收集到不少关于广场上不同人之间的私交信息，在她们看来，菲茨杰拉德和科顿上尉之间的关系肯定是友好的。他们常常在工作结束后一起从镇上走回来，两家的房子似乎对彼此都是可以随意进出的。

"这让人简直没法不觉得，"朗总结道，"如果不是韦斯特干的，那么命运对这个可怜的家伙可真是不公。我们收集到的每一条线索都指向他——就像你在杂志头版上看到的众多谴责一样。我可不想站在他的位置上，长官——特别是在有你处理这个案子的情况下——这是肯定的！"

梅瑞狄斯带着一抹含糊的微笑接受了这个恭维。他意识到，不管他们的基础打得有多好，但要从单纯的怀疑落实到法律上更严格的有罪证明的要求，他们还有很长的路要走。

第七章

空房子

　　一个完美的六月清晨。晴朗无云，如瓷器般细腻的湛蓝色天空，柔和的微风吹来花园里早蔷薇的香气，鸟儿在白桦树中欢快地合唱着——摄政广场上是一片似乎与世隔绝的祥和。梅瑞狄斯和奥尔德斯·巴尼特坐在一棵山楂树下一条新粉刷的板条长凳上，两眼盯着前面宽阔的广场，发现很难把眼前这宁静的乡村氛围与科顿上尉的谋杀案联系起来。梅瑞狄斯曾两次试图思考这个案子，但都被一些不相干的事情引诱着跑偏。在这么完美的清晨思考犯罪这样的事情真是太艰难了。最后是巴尼特先开口。

　　"如果是韦斯特做的，"他突然说，"他为什么不立刻逃走呢？在命案发生的2小时后，他还继续徘徊在这里并且入室盗窃，这似乎蠢透了。你们是11:30才开始搬运尸体的，对吧？"

"对——还有阿尔伯特呢?韦斯特只有等他离开之后才能去偷保险箱。"

"那在此期间——韦斯特在哪里呢?"

"躲在灌木丛里吧——我想他可以躲在任何可以让他盯着5号房的阴影里。"

"但想想这其中的风险!"巴尼特坚持道,"这家伙一定得有钢铁般的勇气才能在离布勒家不到一百米的地方守着,看着警察进进出出,整个广场动荡不安。"

梅瑞狄斯静静地说:"你是想说韦斯特没有偷那3000英镑嘛。我同意——这是非常有可能的。虽然从另一方面看,他需要那笔钱。如果不是他偷的——那会是谁呢?"

"阿尔伯特。布勒的书房窗帘并没有立马拉上。他如果在广场上,很容易就能注意到发生了什么事,并且意识到如果他动作够快,完全可以在警察开始在5号房周围转悠前,把钱转移走。"

"一个不错的理论,"梅瑞狄斯承认,"但有一个非常大的漏洞。朗在摄影师斯廷斯到的时候把窗帘拉上了。那是在10:30之前。因此,阿尔伯特一定是在那之前就看到发生了什么事。换句话说,在我们带着尸体出现之前,他有整整一小时的时间来打开保险箱。"

"也许是密码锁比较难开?"

梅瑞狄斯不同意。

"用密码锁的话,要么全拿走,要么什么都拿不到。只有知道密码和不知道密码两种情况。对付这些现代设计,没有折中的办法。"

"所以电影里的那些桥段,"巴尼特笑道,"手指灵巧的先生们戴着棉手套一边旋转锁盘,一边侧耳倾听,这都是瞎编的吗?"

"彻头彻尾的瞎话。如果你愿意,可以用氧乙炔[①]。要不然就必须知道密码。作这起案子的人知道密码——一定是这样的。"

"那这情况对于韦斯特说得通吗?"

"说不通。这只是重重障碍之一。他甚至说不上和科顿关系友好,但我们知道有个人符合条件,银行经理,菲茨杰拉德。从昨晚开始我就一直在想这个人。关于韦斯特,你提出的反对意见我们也不能轻视。凶案发生之后还留在广场上,将会是一件万分凶险的事。另外,菲茨杰拉德这个家伙似乎和科顿的关系非常好。经常出入对方家之类的。除此之外,作为银行经理,他对保险箱应该有所了解。有没有可能科顿曾经在菲茨杰拉德在场的时候打开过保险箱——这样他是很有可能记住密码的。我确认我们在10:30前盘问过他,但他很可能并没有立刻想要盗窃保险箱。即使他有这种想法,也必须先回到菲茨杰拉德夫人身

[①] 氧乙炔,氧气乙炔的混合气,点燃产生高温射流,可以融化切割金属。

边，保证去做这件事之前跟她串通好不在场证明。他很可能也熟悉阿尔伯特的习惯，知道阿尔伯特会在固定时间去邮箱寄信。他只需要等待时机，从自己没开灯的房间窗户里观察外面，然后偷偷溜进隔壁房子下手就行。"

"嗯，听起来很有道理，"巴尼特承认。"但有个小问题还是悬而未决的。你不会把他也定为凶手吧，呢？"

"我想不会——我仍然对韦斯特抱有强烈的怀疑。他是我的头号嫌疑人。他有动机，有射箭的能力，有空房子的钥匙。他的不在场证明无法证实。他的嫌疑一目了然！"梅瑞狄斯深深地叹了口气。"但天啊，我要怎么用有力可靠的证据来充分证明这些事实呢……哎，哎，哎。"

一时间，两人都只能抽着烟斗，静静地享受着夏日清晨的愉悦和烟草带来的麻醉。远处瓦特姐妹俩的小黑影像两只黑甲虫一样爬过广场，她们走在一条广场对角线上的砾石小路上，认出他们后远远地鞠躬致意。普拉特医生的车因为救死扶伤的使命急驰而去——从他开得过快的速度来看，应该是生死攸关的状况。布恩小姐从前门的台阶上走下来，朝她的狗群发出低沉的指令，然后朝镇上的方向走去。布勒先生拿着一份报纸出现在他的石头阳台上。

"有点可惜那棵树，"巴尼特说道，打断了梅瑞狄斯的沉思。"我想念它。那个角落留下了一片空白。"

"树？"

"是的——那里以前有一棵榆树。一个真正的老兵。这里有些人害怕这棵树,就把它砍掉了。我记得韦斯特是最主要的煽动者。"

梅瑞狄斯嘟囔了一声,再次囿于沉默之中。他想要好好思考一下这个案子,在采取进一步行动之前不间断地、不遗余力地想一想。巴尼特为什么要用关于一棵树的闲言碎语来打断他呢?不管怎么样,韦斯特也许是对的——榆树是出了名的不安全。根太浅。在那个角落。有一棵榆树。哦,该死的树。如果韦斯特搬去了乔治街——真奇怪一个杀人犯怎么会操心一棵树是否安全呢。看起来不合逻辑。哦,该死的树!如果韦斯特搬去了乔治街……

梅瑞狄斯突然坐起身,敲了敲他的烟斗,问道。

"那棵树是什么时候被砍掉的?"

"什么树?"

"你刚刚提到的那棵榆树。"

"哦,那棵树啊。我记得好像是4月中旬的样子。我妹妹写信提到过。怎么了?"

"有一个想法。我们可以溜达过去看一下吗?"

困惑但好奇的巴尼特陪着梅瑞狄斯穿过草地来到榆树的树桩前。政府决定不将榆树连根拔起。

"好吧,我……"梅瑞狄斯开口道,"可能不会有什么有用的东西——我是说我的这个想法——但关于这个树桩的位置,你有注意到什么吗?"

"目前什么都没看出来,"巴尼特承认,"但我已经做好准备等你告诉我一些再傻的人也一目了然的事实。"

梅瑞狄斯笑了。"没错,巴尼特先生。在这棵树还没有被砍掉之前,应该正好挡在韦斯特家窗户和布勒书房之间的直线上。韦斯特是煽动要砍树的那个人。如果这个事实还不够可疑的话……"

巴尼特反驳道:"为什么不可能只是简单巧合呢?我想说的是——如果韦斯特两个月前就在策划这起谋杀案,他怎么会知道科顿会去拜访布勒呢?科顿去6号房并不是什么普通寻常的事。韦斯特怎么能确定这一点呢。而且,"巴尼特进一步强调道,"韦斯特是怎么恰好在确切的时间出现在空房子里的呢?"

"科顿那天可能在镇上遇见他了,然后提到过这件事,"梅瑞狄斯反驳道。"我承认我的理论还有很多漏洞。但在这个阶段,这是不可避免的事情。但由于目前的一切证据都表明韦斯特最可能是凶手,砍掉这棵榆树更有助于加强这个事实。"

然而不管他怎么伶牙俐齿地辩解,梅瑞狄斯依然强烈地为奥尔德斯·巴尼特提出的反对意见感到焦虑。他觉得自己有必要单独走走,把案件中所有相互矛盾的细节好好理理。

"听着，"他对巴尼特说，"你介意我到皮特维尔花园抽个烟斗散个步吗？当我四处走动的时候，头脑总是更敏锐一些。"

于是，梅瑞狄斯穿过伊夫舍姆路，漫步来到入口处，支付了两便士，然后走进花园。花园里人并不多——几个保姆带着小孩，几个老太太牵着她们的玩赏犬，一两个园丁在给夏日花坛移植盆栽。他沿着小小的人工湖漫步，湖边有垂柳和石拱桥，就像一幅日本版画的传统背景一样。孩子们把面包撕碎，扔向一群欢快的鸭子。在远处一片起伏的草坪外，他看到一栋老旧矿泉水供应室的巨大门廊，上面矗立着三个超大的雕像和一个巨大的绿色圆顶。

他想着："现在来看看我是否能够重建韦斯特6月13日晚上的动向。他在8:45后离开乔治街。我们知道这一点，是因为埃米特夫人大概是在这个时间清理他的晚餐盘子的。他绕到摄政广场，一路潜踪蹑迹，进入2号房，在二楼窗户边就位，等到科顿坐在扶手椅上。当然，他要打开自家的窗户，瞄准，然后放箭。然后他要么溜到广场上，躲在灌木丛中，要么也可能一直待在窗户边，直到判断没有危险后再进入5号房。他冲上楼梯，打开保险箱，把钱拿走——当然是戴着手套的——撞上我们把尸体搬进来，就经由地下室和后门逃走。"梅瑞狄斯停下脚步，把手肘放在桥栏杆上，看着一对黑天鹅在波光粼粼的水中懒洋洋地划着水。一个新思路在他脑海中展开来。"他的弓和箭！他怎么可能夹着一把1.8米长的弓，还能不引人注意地穿街过巷呢？而且他杀人之后是怎么处理这把弓的呢？他肯定不会带着它去科顿家偷东西。把它藏在房子里的什么地方吗？这是最合理的解释。也许弓箭被提前放在空房子里，以供需要时使用？这似乎也是可能的。而且很有可能这把弓仍藏在房子里的某个地方。韦斯特要穿过小镇把这东西偷偷带回乔治街应该很不容易。彻底搜查一遍这栋房子是有必要的。中介有钥匙。越快越好。"

打定主意后，梅瑞狄斯匆匆赶往格雷格和福斯特的办公室。他从2号房花园里的广告牌上注意到他们的办公室地址，在表明警方身份之后拿到钥匙。10分钟后，他开始埋头干活，仔细梳理空房子里的每个房间。他做事四平八稳，一丝不苟。他检查了每一个可能藏东西的地方——烟囱、碗柜、地板、外屋、地窖，所有地方。甚至爬上屋顶，检查了水箱。他注意到天花板上有一扇天窗通往楼顶平台，就把板条箱摞起来，打开天窗，爬出去来到有雉堞的平坦屋顶上。然后以一贯的细心，不仅检查了空房子的屋顶，还检查了被一堵低矮的石头墙压顶分开来的相邻的1号房和3号房的屋顶。但依然没有那把弓的迹象。他沮丧地回到克拉伦斯街，想看看朗是否在他的办公室里。

朗当然在办公室里——按他的话说，"忙得不可开交"，但也完全能够暂时搁下手头的事情，和梅瑞狄斯聊一聊。

"自从昨天和你碰过面之后，我和我太太吵了一架，"他愁眉苦脸地做了个怪相。"我得说——这起谋杀案几乎要毁了我的婚姻生活——当然你不可能看得出来。都是因为你让我保管的那支该死的箭。你可能会说，这是头号证物。"

"我不是很明白这有什么联系，"梅瑞狄斯一脸困惑。

"好吧，事情是这样的。昨天晚上下班之后，我把那支箭一起带回家了。因为觉得这样可能要比把箭放在办公室里更安全，因为那里有一群探头探脑的年轻人想要了解案件内幕。我得说过去这几天警局这里热闹极了。一堆愚蠢的问题。'您打算什么时候发起逮捕，督察？''我们能看看死者头上插着箭的照片吗'之类的问题。烦透了。言归正传，在我上床睡觉之前，我在客厅里把包裹好的箭解开，然后又看了一眼。当然，我没有什么新发现，所以我又把箭拿到卧室，把它放在了梳妆台上。然后我脱掉衣服，把灯关上，跳到了床上。当我正准备舒舒服服睡的时候，我妻子突然抓住我的胳膊，尖叫了好几下。'赫伯特'她说，'房间里有人。我看到那边有光在闪。'当然一开始我以为她只是在胡言乱语，还不客气地骂了几句。但天哪！当我真的从床上坐起来的时候，房间里确实有光亮。

只是微弱的闪光。仅此而已。我厉声喝道——用我们警察最官方的声音,就像这样——'谁在那里?最好不要动。明白吗?'然后我探过身子去把灯打开。"

"然后呢?"梅瑞狄斯问道。

"什么人都没有,"朗扫兴地说道。"事实上,没有任何不正常的迹象。我又把灯关掉,信不信由你,梳妆台那边还是能看到一点微光。我立刻跳下床来去调查怎么回事,告诉我太太别担心,绝对不是她以为的什么鬼鬼祟祟的东西。我说对了。确实不是。那光是从那支箭上来的。"

"那支箭?"梅瑞狄斯难以置信地问道。

"没错——两端各有两滴发光漆。你觉得呢,嗯?你肯定清楚为什么那里会有发光漆。"

"在和几位射箭专家聊过之后,我能猜个八九不离十,"梅瑞狄斯表示同意。"我想,为了在黑暗中瞄准,那些发光点是很有必要的。"

"没错。而且白天肯定看不出来有这些发光点,我们也不会想到在黑暗中观察这些证物。我得说,真的把我太太吓坏了。所以我今天在家必须好好表现一下。"朗在他桌下摸索着什么,然后拿出一束花,在梅瑞狄斯鼻下挥舞着。"你觉得这怎么样?"

"很不错。"

"好吧——希望我太太也这么想。不然我这一周就有得热闹了。"

"追踪过油漆的购买情况吗？"梅瑞狄斯问道。

"当然——尚克斯一上午都在走访镇上所有可能的地方。但我们不能期待太多，不是吗？油漆可能是在任何地方买的——格洛斯特、斯特劳德、塞伦塞斯特，该死的，任何地方都有可能。到目前为止，他还没有什么发现。也许你那边的消息要好一些，长官？"

"大部分都没有结果，"梅瑞狄斯承认，然后着手汇报他收集到的一些信息。在对所有新信息进行过一轮充分讨论之后，朗说道：

"今天早上我确实发现了一些事情。不是很多——但很奇怪。我去科顿工作的约翰逊汽车城转了转，打听一点关于他的生活、习惯、朋友之类的信息。你猜他在那里的收入有多少？"

梅瑞狄斯迅速计算了一番，脑中浮现出5号房和男仆阿尔伯特的情形："哦，我想大约一年500英镑吧。"

"每周4英镑！就4英镑一周，一点多的都没有。约翰逊汽车城的员工都不是佣金制。现在我得问问——我们的这位朋友是怎么做到用每周4英镑的薪水来打理他的房子、摩托车还雇得起用人的？"

"也许是有私人收入。"

朗点头表示赞同。"我也是这么想的。为了弄清楚这一点，我去拜访了威廉姆森，科顿账户所在的地方银行经理。人不错——我的朋友。乐于助人，嘴也很紧。科顿在那里有一个活期存款账户，账户余额只有20多英镑。就这样。除了汽车城的薪水之外，没有任何别的收入迹象。"

"唔，"梅瑞狄斯应道。

"还不只是这样，长官，"朗继续说道。"吃完早餐，我立刻去找阿尔伯特询问了一下关于遗产的事情。科顿的这个姨妈好像住在塞伦塞斯特。叫爱丽丝·贝特曼——显然是他妈妈那边的亲戚。所以我联系了一下塞伦塞斯特的伙计，问问他们知不知道这位老太太。哦，是的——他们对她很了解。是当地的著名人士。疯疯癫癫的。人畜无害，但行为举止很古怪。一个月前去世的。"

"那和科顿的说法正好吻合。"

"的确。但听我说完。那个老太太自己一个人住，不是自然死亡。她被发现死于煤气中毒。当然，有相应的死因审理，但在调查过程中发现她其实身无分文。一个铜子儿都没有。他们觉得这就是这个可怜老太太，就像莎士比亚说的那样，选择悄悄从尘世缠绕中解脱出来的原因。现在要怎么看科顿的说辞呢？遗产是……"

"没错。所以那3000英镑肯定是通过别的方式得来的。而我认为，不管那3000英镑是从哪里来的，肯定不是什么合法渠道。要不然科顿没必要编造这么个故事。我想他维持房子开销的钱应该也是这么来的。"

朗也是这么想的,他接着指出,在他所有问询中,这位"上尉"似乎都没有律师,也没有留下遗嘱。就他看来,大部分认识科顿的人都不约而同地认为"那家伙是个典型的卑鄙小人"。在他来切尔滕纳姆之前——至少据阿尔伯特所说——他一直住在汉普斯特德的布罗德赫斯特花园23a的一套公寓里,就在芬奇利路的拐角处。阿尔伯特抱怨说,那时候他主人的钱还没有那么多,他常常要等好几个月才能拿到工资。那时,他主人一直和一家搞古董交易的公司搅和在一起。然而,当他们到切尔滕纳姆后,他主人的财务状况似乎有了大好转。阿尔伯特并不清楚科顿突然富裕起来的原因。他只关心自己的薪水问题。

"这说明,"梅瑞狄斯推论道,"不管他用的是什么样的不正当手段,他一直等到来这里之后才付之行动。问题是——他诈骗的手法是什么?勒索吗?从我收集到的关于他性格的信息来看,这似乎是最有可能的解释。"

"被敲竹杠的会是韦斯特吗?"朗提议道,"他最近财产损失惨重。这又是一个谋杀动机。虽然他告诉我他的钱是因为炒股失败损失的。"

梅瑞狄斯思索了一会儿。"我想最有可能的受害者应该是菲茨杰拉德。记得他似乎是唯一一个与科顿交好的人。仔细一想的话,这段友谊还挺奇怪的。我不明白菲茨

第七章 空房子

杰拉德是怎么会和科顿这样的无赖混在一起的。当然，这只是一个推测，但值得思考。"

一阵短暂的沉默，梅瑞狄斯突然爆发道："天哪！我之前完全没有想到这点。我今天早上还跟巴尼特先生提起一个推测，说菲茨杰拉德最可能是我们要找的窃贼。你觉得有没有可能保险箱里被拿走的钱其实就是他自己给的'封口'费呢？事实上，保险箱里都是纸币正好说明了这一点。我想，菲茨杰拉德会知道科顿把钱存在哪里的。他很可能就在现场，看着科顿一次次把他付的封口费锁进保险箱里。你知道吗，朗，我觉得我们找对方向了。甚至有可能谋杀也是菲茨杰拉德干的！"

"那他的不在场证明怎么说？"

"我们只有他妻子的证词，说他在收听音乐会。没有独立证人。如果菲茨杰拉德能进入空房子，射箭，然后再溜回4号房——他最多只需要离开15分钟。我承认他应该不是一个好射手，但有什么能阻止他悄悄练习呢？而且，他就住在科顿隔壁，他能清楚看到科顿离开自己家去布勒家。科顿甚至可能要征求布勒建议怎么投资那3000英镑的事情来嘲笑他。"

"但如果是他杀的人，他为什么不立刻溜进科顿家，把钱偷走呢？"

"因为他很聪明，猜到警察肯定会来盘问他。所以他很自然地等到我们盘问结束后才行动。"

"我不知道你是不是对的,"朗说着低声叹了口气。"一开始是韦斯特,现在变成菲茨杰拉德。我觉得,长官,很快我们就要把广场居民都列入我们的嫌疑人名单,然后闭上眼睛,拿别针随便戳一个人好了。"

梅瑞狄斯笑了。

"我感觉这里有料,朗。但我承认,一切都还在摸索阶段。"

第八章

屋顶上的神秘事件

摄政广场的4号、5号和6号房后面有一座老式小屋,与周围宽敞的乔治王朝风格的建筑相比格外矮小。这栋小屋可能在切尔滕纳姆因为温泉兴旺起来前就一直矗立在这里,矗立在一片广阔的绿色田野间。小屋里住着寡居的哈林顿夫人和她的小儿子珀西。哈林顿夫人每周去1号房4次,帮布恩小姐收拾她无可救药的狗群制造的垃圾。但不幸的是,一场急性发作的哮喘让哈林顿夫人卧床了几天,结果心善的布恩小姐反而去帮女佣家收拾她无可救药的小儿子珀西制造的垃圾。她得从自己家的后门出去,穿过一条与广场三面平行的狭窄小巷(放垃圾箱的地方)才能走到女佣家。走这条路时,她会经过4号房菲茨杰拉德家的后花园。

7月1日下午,走在4号房高墙外的布恩小姐惊讶地听到关上的花园门后传来的低声交谈——惊讶是因为其中一个声音是乔伊丝·菲茨杰拉德的,另一个人却是科顿的男仆阿尔伯特。一般来说,布恩小姐对他人的事情并不会过分关注。当然她会关心别人家的狗是否健康,但并不关心别人家的家事或者争吵。但那堵墙背后交谈的语气是那么隐秘且充满敌意,实在让人费解,甚至激起了布恩小姐迟滞的好奇心。她停了下来,一只耳朵靠着墙偷听。幸运的是,她牵着的那只猎狗给了她一个完全合理的借口,让她可以假装不耐烦地在巷子里停留。

即使她用手拢着耳朵,也没办法听清这一神秘谈话里的每个字。她只能听到一些断断续续的短语,让人觉得又惊讶又好奇。

首先是乔伊丝的声音,声音很轻但充满抑制不住的怒火——那种与某个顽固不化的人争执得不耐烦的声音。

"即使现在发现了……当然……必须交出来……你知道藏在哪里……"

然后是阿尔伯特低声反对。

"不是我……100英镑……很值,不是吗,夫人?……出100英镑,然后……"

"……不可能……我丈夫已经付过钱……那是给上尉的……你想有好处……"

然后又是阿尔伯特。

"……帮他减少烦恼……知道凶手是他……动机什么的。"

听到"凶手"这个可怕的词,布恩小姐立刻紧张警觉起来。作为女童子军的现任指导,她很清楚该怎么做。她急忙从手提包里掏出一本便签簿和一支铅笔,匆匆记下刚刚听到的内容。然后逐字逐句记录下来接下去的对话,完全没注意到狗链从手腕上滑落。但幸运的是,在她写字的时候,那只猎狗还专心在做自己的事。

"你怎么敢……"她迅速写道,"……有什么证据?……如果你觉得你可以……"

"放轻松,夫人……我不会……你付钱……不会说他在外面……"

"另外一件事?……在警察查明之前……"

"……我说了100英镑……不多也不少……搞清楚……"

"……最后决定?"

"没错,夫人……不然我可能有话说……那就糟透了,不是吗?……你和你丈夫……"

注意到阿尔伯特不容置疑要结束对话的语气,布恩小姐不敢再待下去。很明显阿尔伯特是从5号房的后门溜进4号房的。如果她被看见了那就尴尬了。她拖着那条原地不动显然不愿意走的狗,赶紧绕到拐角处,原路返回1号房。

这是什么意思？乔伊丝坚持要他交出什么东西来？阿尔伯特提到的凶手是什么意思？难道他是指菲茨……可怜的老菲茨吗？不可能！难以置信！但尽管如此，布恩小姐依然深感不安。她感觉挨着的这两户人家之间有什么秘密、甚至是犯罪勾当在暗中进行，而且已经进行了一段时间。怪不得菲茨最近脸色一直不好。怪不得漂亮但傻乎乎没头脑的乔伊丝看上去也有点憔悴。

她想着："我必须立刻去找普拉特聊聊这件事。他这人是有点自大，但他会知道该怎么做的。没错——我现在就去找他。哈林顿得等等了！"

她迈着沉重的步伐穿过广场，大力按响医生家的门铃。

"有急事，"她对女仆说。"来不及解释。我必须立刻见到医生。他在哪里——喝茶吗？"

"是的，女士。"

"我想也是。再上一杯茶，我和他一起喝。好了，去忙吧！"

女仆知趣地匆匆跑开，而布恩小姐大声招呼着她的猎狗，喧闹地穿过门厅，毫不犹豫地冲进了普拉特的会客厅。

"不——别起来，"她嗓音低沉而洪亮。"我想谈谈。我刚刚听到一些了不得的事。需要你的建议。现在端好你的茶仔细听着,亲爱的。"

除了女仆端着第二杯茶和茶碟进来时短暂地打断了一下,布恩小姐滔滔不绝地讲了 5 分钟。她的独白还有对那场令人困惑的谈话逐字逐句地记录。刚一结束,普拉特一言不发地站起身,走到电话前。

"你想干什么?"布恩小姐怀疑地问道。

"给隔壁打电话,看那个叫梅瑞狄斯的家伙在不在。"

"你真是懒得可以,普拉特。你确定这是需要告诉警察的事情吗?"

普拉特拨着电话号码,肯定地点点头。

"我很确定是。难道你不觉得这对警察的调查有很重要的影响吗?"

即使梅瑞狄斯对布恩小姐收集到的信息片段很感兴趣,他显然不允许自己表露出一点痕迹。他以一贯有条不紊地谨慎态度,记录下大量笔记,逐字逐句抄录下布恩小姐提供的最重要的那部分证据。一离开医生家,就钻进自己房间,坐在敞开的窗户旁,仔细研究着刚刚到手的这段出人意料的奇怪信息。这究竟是什么意思?为什么两个完全不相关的人会在 4 号房的高墙下如此隐秘地交谈?

梅瑞狄斯越研究这份笔记,越被两个重要的短语打动。阿尔伯特曾三次提到"100 英镑"。然后又直白清晰地陈述了一个事实:"知道他是凶手。"他越苦思这个问题，越觉得这两句话之间是有关联的。这表明——他这么假设肯定是对的吧？——阿尔伯特经过一番谋划冷静地在勒索菲茨杰拉德家。他之所以能勒索银行经理，是因为知道他一些关于谋杀案的把柄。后面一句话似乎进一步提供了解释……"不会说他在外面"。外面哪里？可能是在广场上。在那个决定性的夜晚，8点过后的某个时候，出现在外面广场上，虽然菲茨杰拉德发誓他当时正在室内收听一场音乐会。这是否意味着菲茨杰拉德那晚曾去过科顿家，然后发现他在布勒家，他从敞开的窗户里看到科顿，然后回到自己家，拿上弓箭，偷偷走到空房子那边，不知怎么强行进入屋内，然后杀了人？也许阿尔伯特看到他拿着那把一眼就能说明问题的弓进了韦斯特家，或者看到他从韦斯特家里出来？

"这里，等一下，"梅瑞狄斯自忖道，"我走得太快了。菲茨杰拉德有什么动机要除掉科顿呢？科顿又没有向他妻子求爱。据广场的人说，他们是非常幸福的一对儿……但，该死的，如果真的是他做的，他肯定有动机！"

梅瑞狄斯再次集中精力仔细研读自己的笔记。他妻子的话中有暗示出什么可能的动机吗？但到目前为止他什么都看不出来。不——等一下！布恩小姐提到一些关于"我丈夫已经付过钱……那是给上尉的"这样的话。没错——就是这个"……我丈夫已经付过钱……那是给上尉的……

你想有好处……"。这句话表明银行经理已经支付过一些东西,在这种情况下,显然是付给科顿,而不是阿尔伯特的。如果是这样的话,那么就有两起不同的勒索案要调查。如果能证明菲茨杰拉德一直在给科顿封口费,这就是最有力的谋杀动机。但科顿手上有他邻居的什么把柄呢?难道是他知道对方一些见不得光的过去?还是和他在银行工作有关的犯罪行为?滥用资金?和女人有关吗?是什么呢?

巧合的是,在一周前和朗讨论时,他就已经提出过这个推测,并提出菲茨杰拉德是在偷回他给的封口费,现在拿到的信息进一步丰富了这个理论。这是否意味着谋杀案也是同一个人做的呢?

像往常一样,梅瑞狄斯用各种"反对意见"来攻击这个假设。关于银行经理就是凶手这一推测,目前他能看到的最大的漏洞就是他是怎么进入空房子的。除了前门,空房子的所有门都是从里面闩上的。并且所有窗户都上了锁。前门用的是一把耶鲁弹簧锁。当然菲茨杰拉德用蜡倒模制作一把钥匙的可能性感觉不太大,因为再拉扯一个同伙进来总是一个冒险的选择。那么他到底是怎么溜进去的呢?没有其他……

梅瑞狄斯低声惊呼了一声,敲了敲他的手指。天哪!天窗!屋顶平台。菲茨杰拉德有可能从屋顶上穿过去,从

4号房进入空房子啊！他决定立刻出去走一走，悄悄查看一下。为了帮助警方调查，韦斯特明智地把2号房的钥匙交了出去，现在正好派上用场。梅瑞狄斯摞好板条箱，再次钻出天窗来到屋顶上，迅速勘查了一番菲茨杰拉德的可能路线。他的兴趣立刻起来了。4号房的屋顶与紧邻的3号房的直角屋顶不同，是个尖顶。在紧挨着马修斯家的平屋顶上形成的三角形平面上有一扇小窗户。不想引起其他人的注意，梅瑞狄斯尽量躲在烟囱后面，慢慢沿着屋顶走到这扇小窗边。他立刻注意到窗户是半开着的，窗户正下方的水泥墙上有一些香烟的痕迹和明显是最近留下的划痕。他的兴趣更浓厚了。这是否说明他找对方向了？这些划痕很明显说明有人通过这扇小窗爬到屋顶上来过。但究竟是谁……

梅瑞狄斯突然弯下腰，发出一声满意的嘟囔。脏兮兮的水泥平屋顶上留有一组清晰可见的脚印，具有一定辨识度的脚印。那个爬出窗口的人穿的鞋一定是橡胶鞋底、有跟，鞋底花纹由几个空心圆圈围绕着中间一个6便士大小的浮雕花纹组成。窗口的脚印有进有出，梅瑞狄斯毫不费力地发现了这串神秘的脚印通往何处。但这是什么意思呢？不管他的推测有多么精妙，但这串脚印并没有止步在空房子的天窗处。脚印穿过3号房的屋顶，绕过一个烟囱，转向房子的正面，止步在低矮的雉堞墙压顶前。但为什么呢？这个不知名的潜行者为什么要站在牧师家的屋顶上俯视广场呢？很显然这个男人——或者女人——不，从脚印上看肯定是个男人——这个男人在这里站了一段时间。地上有不少火柴梗和烟头。梅瑞狄斯收集了一两个烟头——软木烟嘴的黑猫牌。非常好——他现在只要找到那位抽这个牌子的香烟和穿这种橡胶鞋底的先生就好。

过了一会儿，他跟朗通电话。

"急需安排菲茨杰拉德在你办公室接受问询，原因我稍后会告知你。关于他在谋杀案当晚的行踪，也许需要再一次盘问。不管怎么，应该是有些用处的。我马上过去跟你详述自从上次碰面后我这边的进展。你能安排菲茨杰拉德大概1小时后过来吗？"

当银行经理走进督察位于克拉伦斯街的办公室时，梅瑞狄斯被他的样子吓到了。如果说谋杀案当晚他的脸色就不是很好，那这可怜人现在的样子该怎么形容呢？他现在看上去像一具行尸走肉。就连他的声音都完全没有生气的样子，是一种死气沉沉、冷漠的单调语气。朗请他坐下，礼貌、有条不紊地开始了盘问。他很抱歉，但只有他妻子能证明他13日的动向。确实非常不幸，但当证据不存在时，也不能人为制造证据对吧？他与已故的科顿上尉之间的关系好吗？算不上好。友谊——如果有的话——也是单方面的。但他确实经常去拜访科顿，科顿也经常会在晚上过来喝一杯。他妻子对科顿的态度？坦白说，她很厌恶他。觉得他是一个非常令人不快、狡诈多变的人。朗假装记笔记的手顿了一下。梅瑞狄斯从桌上拿起香烟盒，递给银行经理。

"抽烟吗，先生？哦——抱歉。我没注意。朗，你烟抽完了。"梅瑞狄斯在自己的口袋里摸索着。"该死的——我也没烟了。抱歉，菲茨杰拉德先生。"

"给——抽我的吧，"菲茨杰拉德说着，拿出他的烟盒。

"多谢，"梅瑞狄斯说。

朗突然抬头问："你从来没有给过科顿钱，对吧，先生？"

菲茨杰拉德露出一丝惊慌的神色，但转瞬即逝。

"当然没有，"他抗议道，"你怎么会有这种想法？"他虚弱地笑道。"我可能确实不太聪明，但也没有傻到这种程度，督察。"

"那你觉得你妻子会不会……"

"乔伊丝？老天爷啊——不可能！"

"科顿来切尔滕纳姆之前，你就认识他吗，先生？"

"不——很庆幸不认识。"

"你的上一份工作是在？"

"芬奇利路的波尔森瑞士小屋分行。"

梅瑞狄斯竖起耳朵，迅速与督察交换了一个眼神。

"你那时候就认识你夫人了吗，先生？还是还不认识？"

银行经理犹豫了一下，显然因为这个意想不到的问题感到尴尬；但还是直截了当地说："认识——我们是在汉普斯特德认识的，然后在我搬来这里6个月后结的婚。"然后加了一段梅瑞狄斯觉得完全无关的话："我妻子是孤儿。她以前和她姑姑一起住了一段时间，但我们在汉普斯特德认识的时候，她已经自己生活了。她在伦敦西区有一份工作。"

朗亲切地说："我想你一定觉得这些问题都没什么必要，对吧，先生？大部分证人都这么觉得——但，相信我，常常是这样完全随机的问题推进了案件的进展。"

在继续了几轮这样礼貌的交流之后，菲茨杰拉德离开了。梅瑞狄斯立刻走到门边，捡起一块特别放置在办公室门口光滑潮湿的橡胶垫。

"怎么样？"朗急问道。

梅瑞狄斯把垫子摊开铺在桌上。

"你怎么看，朗？很明确了，不是吗？"

"你狡猾地讨来的那根香烟呢？"

"黑猫牌，朗——软木嘴。"

朗吹了声口哨。

"好奇他玩的是什么把戏？是他杀的人吗？如果是的话，你发现的那些该死的脚印怎么没有停在天窗边上？注意到我们问他上一份工作时，他有多么焦躁了吧。汉普斯特德？科顿之前不就住在西汉普斯特德吗？他们那时互相之间距离应该不过一箭之遥，但从来没有见过面！多巧合啊。3个人，都住在汉普斯特德，抬头不见低头见。其中一个人搬到切尔滕纳姆，然后嘿——另外两个人就跟着过来了。"

"没错，我也是同样的感觉，"梅瑞狄斯慢慢说道，"我隐约有一个想法。只是一点灵感。你觉得菲茨杰拉德第一次见到他夫人的时候，她有没有可能是和科顿住在一起的？"

"哦，啧啧！她是那种女人吗？"

"我不确定，"梅瑞狄斯想了一会儿继续说道，"只是，你看，如果真的是菲茨杰拉德杀的人，他肯定得有个动机。现在我的想法是——把布恩小姐无意中听到的对话考虑进去——科顿一直从菲茨杰拉德那里拿钱。他手上有菲茨杰拉德的把柄，我现在开始觉得这个把柄可能与乔伊丝·菲茨杰拉德有关。"

"你是说，科顿知道他们没有结婚，然后威胁菲茨杰拉德要么给钱，要么就把这件事说出去吗？"

"是的——这是一种可能。"

"他自然是不太能接受的——我是说科顿——如果他的女人和别的男人跑了。他那种人都是这样的,觉得自己的魅力是不可抵挡的。我得说,我见过不少这样的人。"

"还有另一种假设,"梅瑞狄斯接着说,"如果科顿和那个女孩结婚了呢?这是有可能的。我想科顿应该是用自己的手段找到了菲茨杰拉德夫人。那么,假设她受够了她丈夫的不道德行为,一走了之后遇到菲茨杰拉德并爱上了他。朗,有没有可能菲茨杰拉德在这里找到工作后,觉得离科顿够远可以冒险一试呢?"

"你的意思是说,他们还是举行了结婚仪式,只是走表面流程?"梅瑞狄斯点点头。"她算是犯了重婚罪?"梅瑞狄斯又点了点头。

他进一步解释道:"科顿发现了这件事,看到自己有赚快钱的机会,就住进他合法妻子隔壁的房子里。一个相当不错的局面。但可怜的老菲茨杰拉德为了保住工作,名声不能受损。你知道的,银行这样的机构是不会容忍任何形式的丑闻的。"

"所以当机会来临时,菲茨杰拉德就把他不请自来的邻居除掉了?"朗惊呼起来,显然被梅瑞狄斯的推测折服。"那为什么那串脚印只走到了马修斯屋顶的中间就停下来了呢?"

"你觉得他有可能从那个地方射箭吗?"梅瑞狄斯问。

"你应该比我更清楚答案，"朗抗议道，"你今天下午站在那个地方看过啊。"

"没错，而且相当确定科顿不可能被人从那个位置射中。事实上，布勒当时就坐在同一个地方的同一把扶手椅上。我只能看到他的头顶和秃斑。而且只是勉强看到——如果布勒稍微动一下，半个头就消失在窗框后。另外，箭头要怎么说？箭头射入的角度，垂直和水平的角度会有很大的不同。不，朗，如果真的是菲茨杰拉德杀了科顿，他一定以某种方式进入了空房子。"梅瑞狄斯叹了口气。"我真希望能知道阿尔伯特13号晚上看到了什么。他手上一定握着影响很大的证据——特别是对菲茨杰拉德来说。你觉得我们有可能吓唬他说实话吗？"

朗思索着揉了揉下巴，倾身从桌上的托盘里挑出几张备忘录。

"前几天我带阿尔伯特去了酒馆，一方面是为了了解他到底知道多少，另一方面是为了了解他的个人情况。我带了一个特别抛光的玻璃杯好拿到他的指纹，都是惯用手段。这不是格蒂第一回这么帮我了。还让斯廷斯藏在韦斯特门前的月桂丛后拍了一些有用的快照。菲茨杰拉德、他妻子、马修斯、布恩小姐，当然还有阿尔伯特的。我把指纹都拍了下来，送到了苏格兰场，还有这家伙的放大版头像。今天早上收到了结果。他的身份被确认了，两次因为盗窃定罪。还不只是这样——他和我们的朋友科顿一起已经引起了苏格兰场的关注。苏格兰场知道他们是团伙作案。大部分是诈骗案。虽然科顿从来没有被定过罪，但苏格兰场已经把他犯过的一些案子的细节记录下来了。但他实在太机警，苏格兰场很难实施逮捕。"

"所以你有什么想法？"

"哦，把他带过来这里，礼貌但坚决地对他逼供。我感觉布恩小姐的证词可以拿来做文章。如果我们能找到他，今晚8点这里见怎么样？"

8点整，尚克斯把有些惊慌失措的阿尔伯特带进了督察办公室。梅瑞狄斯递给他一支烟后，朗开始工作。

"还记得1929年的秋天吗，阿尔伯特？"

"1929年？"

"没错——记得吗？"

"为什么要记得？"

"哦，我只是觉得你可能会记得。没什么特别的原因。还有1932年的夏天。你那年夏天过得不怎么样吧，不是吗，阿尔伯特？住在狭窄的宿舍里，嗯？"

"等等——这是要干什么？你没有……"

"好吧，好吧。忘了吧，"朗安慰道，"反正都是些老皇历。我对今天下午发生的事情更感兴趣。你真是个粗心大意的家伙，阿尔伯特。你最好听听我的建议，下次要给鸽子拔毛，最好选在室内——不然羽毛会到处飞。你永远不知道会被谁捡到。比如，这里的这位警员，很可能会走在摄政广场后面的小巷里，然后扑啦啦……几片羽毛从菲茨杰拉德先生的花园里飘出墙来。当然你从来没去过他家花园，对吗，阿尔伯特？"

"别说傻话。你知道我没有。"阿尔伯特不安地看看梅瑞狄斯，又看看督察，最后怀疑地看了一眼正面无表情站在门口的尚克斯。"嘿，你到底想把什么算在我头上？"

朗拿起一张纸，随意瞥了一眼，然后夸张地清了清嗓子，念道："'……100英镑……很值，不是吗，夫人？……出100英镑，然后……'怎么样，阿尔伯特？可惜有些羽毛飘到了这位警员的手边。我们手上还有很多东西，相信我。怎么，"朗突然厉声说道，"还有什么可以说的？"

阿尔伯特狡猾的眼睛在他们三人身上游移。梅瑞狄斯注意到他拿烟的手在颤抖。他的脸色有些苍白，看上去像一个胆小鬼突然发现自己被逼进了死角。

"好了——快点！老实交代！"

"我没有说过这种话，"阿尔伯特颤抖着嗓音抗议道，"你搞错了。肯定是别人在跟菲茨杰拉德夫人说话。我从来没有……"

"菲茨杰拉德夫人！"梅瑞狄斯突然喊道，转身对着局促不安的阿尔伯特。"谁说那是菲茨杰拉德夫人了?真是不小心说漏嘴了,伙计。这正是我们在追的证据。你越快坦白越好。明白吗?"

阿尔伯特虚弱地抗议道:"就算是我在和她说话——那有什么问题吗?"

"问题就是你蠢到想通过威胁她来要钱,"朗平稳地补充道。他站起身,正好站到那个人面前。"听着,伙计,如果你脑子里还有一点理智的话,就把你知道的都坦白交代。你有东西得交代——我们其实也知道是什么——但我们需要一份有签名的证词。明白吗?"

"你们想知道什么?"阿尔伯特阴沉地问道,"也许我可以帮忙,如果我想的话。"

"首先,"朗迅速问道,"科顿住在西汉普斯特德的时候,你和他住在一起吗?"

"是的。"

"那时候见过菲茨杰拉德吗?"

"也许。"

"也许他去过科顿的公寓?"

"我没说他没去过,不是吗?"

"菲茨杰拉德夫人呢?"

"什么,乔伊丝吗?"阿尔伯特咧嘴笑道,"她挺好的,不是吗?"

"你以前也见过她吧?"

"什么,我吗?你觉得呢?你别跟我说你不知道?"

"知道什么?"梅瑞狄斯突然厉声说。

"在汉普斯特德的时候,她和上尉住一起的事。"

"住一起,"朗不耐烦地重复道,"我们当然知道。"他朝梅瑞狄斯眨眨眼。"他还不清楚我们到底知道些什么,不是吗?他们俩结婚了吗?"

"他们俩要是没结婚的话,你觉得还会有这一堆乱七八糟的事情吗?要不是上尉手上有这个把柄,老菲茨杰拉德可没那么轻易松手。"

朗一副毫不在意的神情。

"这场敲诈持续了多久?"

"悠着点!"阿尔伯特警惕地喊道,"这个词可不怎么好听。这就是上尉搬到广场上之后,他和老菲茨杰拉德之间的一场友好交易而已。让我想想——我们是18个月前搬过来的。"

"那么现在,"梅瑞狄斯静静地插话道,"你的主人没办法继续交易,所以你觉得你可以接手过来,做一点你自己的投机小生意。这是你打的算盘吗,阿尔伯特?"

那小个子不安地在椅子上动来动去,直盯着自己的靴子看。

"呃,人总得想办法生存下去啊,"他嘟囔着,然后用更加松快确信的语气补充道。"说得好像我拿到了什么好处……一样。"

"那是你幸运，伙计，"朗立刻评论道，"我猜菲茨杰拉德夫人——或者说科顿夫人在找的那份文件，就是她的结婚证？"

"你没花什么时间就想出来了嘛，"阿尔伯特冷冷地评论道，"当然是该死的结婚证啦。她觉得警察或什么机构会查上尉的文件，然后发现这个东西，明白吗？然后纸包不住火，所有人都会知道她家老头子在给上尉钱。"

"你知道结婚证在哪里，对吗？"

"当然，"阿尔伯特立刻说道。

"在哪里？"

"这里，"阿尔伯特说着伸手去掏他的内兜，拿出一个结实的密封信封。"如果我把这个交给你，你会放过我吗？这说明我想要改好，对吗，如果我交出证据？菲茨杰拉德夫人可以证明，我一分钱都还没拿到。"

朗探询地看着对面的梅瑞狄斯，他犹豫了一会儿之后点点头。

"可以，"朗说。"就这么说定了，阿尔伯特，只要未来没有别的事情爆出来。明白了吗？现在让我们看一下吧。"

他接过信封，坐回到办公椅上，梅瑞狄斯走过来，站到他肩旁。信封上写着：结婚证副本——J.R.C.——M.C.①——密封蜡牢牢固定住封盖。朗打开密封，手伸进信封里，抽出一张纸，然后摊开放在桌上。梅瑞狄斯伸长脖子。阿尔伯特也好奇这张珍贵的文件长什么样，因为到目前为止他还没有打开信封看过，因此也走到桌边，俯身看过去。

  三个人同时发出一声惊叹，简直不敢相信眼前看到的证据。这张纸是空白的！

---

① J.R.C 是乔伊丝·科顿的缩写，M.C. 是马克·科顿的缩写。

第九章

菲茨杰拉德夫妇开口

"哎呀！"阿尔伯特倒吸了一口气，手虚抚过额头，然后掏出一块手帕擦了擦额头。"被骗了吗？"

"肯定是有人被骗了，"梅瑞狄斯困惑地说道。"但我不明白耍这种把戏有什么意义，你觉得呢，朗？"

"不清楚，长官。"

"上尉把这封信放在哪里？"

"放在他卧室里的一张小书桌里，"阿尔伯特解释道，"他总是把这张桌子锁起来，我趁他睡熟了之后从他马甲里偷拿了钥匙，然后拿出信封，藏在我自己房间里。"

"你觉得不会是……"朗灵机一动突然说道。

"稍等，朗——我们先跟阿尔伯特聊完。他还有什么要告诉我们。"梅瑞狄斯掏出他的笔记本。"比如——这是怎么回事？关于你和菲茨杰拉德夫人不幸对话中的一段，阿尔伯特。你对菲茨杰拉德夫人说你知道她丈夫是凶手。你的原话是：'知道凶手是他……动机什么的。'"

"等等，等等！"阿尔伯特激动地叫道。"我从来没这么说过！至少不是你们写的那样。你们只听到了一半我说的话。我实际上说的是：'我知道他就是凶手。不管怎样，他有一个绝佳的动机。'我是指他和上尉之间的金钱交易，明白吗？"

"所以你没有别的理由怀疑菲茨杰拉德先生谋杀了你主人？你说过那天晚上看到他出来过——这是什么意思？"

"没错！我确实看到他出来过。所以当我听说了谋杀的事情，就觉得这件事很可疑。"

"嗯——但你看到他出来哪里？广场上吗？"

"是的——准确来说，我看到他站在屋顶上。"

"屋顶！"朗和梅瑞狄斯不约而同地叫道。

"我不是这么说的吗？他当时就站在牧师的屋顶边上往下看。他看到我从5号房出来，就迅速躲了起来。"

"那是几点钟？"

"差不多9:15。"

"你怎么知道？"

"因为我要去寄封信，邮差9:15来，明白吗？所以我必须动作快点儿。"

"但，天哪，"梅瑞狄斯打断道，"那天晚上11:30我们看到你的时候，你告诉我们你刚寄信回来。那不会刚好是同一封信吧，是吗？"

"没错，"朗敏锐地插入道，"而且为什么你当时回来的时候，气喘吁吁的样子？"

"你出门寄完那封信后是不是又回到过5号房？"梅瑞狄斯逼问。

"如果是这样的话，那段时间你一直藏在哪里？"朗怀疑地问道。

"2个小时，阿尔伯特。你需要花两小时去寄一封信吗？"

被这一连串连珠炮似的问题轰炸着，阿尔伯特越来越困惑，最后终于哀号道：

"好了好了，让我说说吧。我没有做什么见不得人的事，别想把这事扣在我头上。事实上，我确实把那封信寄给了我的赌马经纪人，就像我跟你们说的一样。然后我上街逛了一下，看到查理·霍格，*热情的鹅酒馆*就是他开的。我和查理是朋友。所以我进去喝了几杯。我们一直在聊赛马啊之类的事，你们懂的。当我看到时间的时候，已经过了11点。上尉警告过我不要一直和查理混，所以我又飞快跑了出来，想尽快赶回去。"

"这个，"梅瑞狄斯说，"我们去见一下霍格很容易就能核实你的证词。所以我们暂且信了你的说法,阿尔伯特。还有什么想问的吗,督察?"

朗摇摇头,梅瑞狄斯在警告完阿尔伯特如果地址有变化需要及时通知警方之后,就打发走这个满脸愁容的人,转身立刻讨论起这份奇怪的证书来。

"你怎么看这个把戏,朗——有什么想法吗?"

"嗯,我确实有个想法,"朗拙劣地自谦着,一脸自信满满但又不想表现出来的样子,"科顿害怕真的证书可能会被偷。"

"被菲茨杰拉德?"

"没错,或被阿尔伯特。所以他才把信锁在抽屉里,然后把真的证书放在保险箱里或是存进银行里了。"

"是有这个可能,"梅瑞狄斯表示同意。"但肯定不会在他的保险箱里吧?那天晚上我们查看保险箱的时候没有看到过这个东西。除了阿尔伯特和菲茨杰拉德夫妇,应该也不会有人会把它和3000英镑一起偷走。如果是菲茨杰拉德偷的钱,那么他肯定没找到证书,不然他妻子就不会和阿尔伯特有那场对话了。"

"也许是阿尔伯特偷的。这可能是一个障眼法,"朗提议道,"他可能把真证书偷走藏好——然后等待时机用上它。"

"但是,如果阿尔伯特的不在场证明是真的,"梅瑞狄斯反驳道，"他不可能有机会打开保险箱。他9:15离开屋子，科顿9:30被杀。他没可能在谋杀前去偷保险箱，不是吗？而且，他知道我们可以去跟霍格或酒吧里的其他人确认他的不在场证明，我想他说的是实话。"

"那么你有什么其他解释吗？"朗问。

"就目前来看，我觉得这个把戏唯一可能的解释就是，科顿手上根本没有结婚证。"

"但为什么啊？"

"因为他根本没和乔伊丝·菲茨杰拉德结过婚。"

"但阿尔伯特刚刚跟我们说过……"

"我知道，朗。显然阿尔伯特觉得他们结婚了。乔伊丝本人也这么觉得。你明白吗？"

"你是说科顿伪造了结婚仪式？"

"嗯，一个想法，不是吗？他当时可能很迷恋那个女孩——或者可能只是身体上的迷恋——你知道的，那种家伙通常很回避婚姻。他可能建议乔伊丝和他一起住，但被拒绝了。所以为了迎合女孩的道德感，他假办了一场结婚仪式，很可能还在女孩眼皮子底下炫耀过那张假的结婚证书。"

"这里有个问题，长官，"朗反驳道，"如果科顿伪造了结婚证书，为什么不放在信封里呢？"

"因为他没有傻到留下证据暗示自己在勒索。假设我们起了疑心，很肯定他在勒索菲茨杰拉德；假设我们拿到了搜查令，搜查过他所有文件？然后会怎样呢？如果我们发现了那个假证书，就会好奇他的妻子在哪里，不是吗？她在哪里呢？为什么不和他住在一起呢？她是死了嘛？我们肯定会展开调查，然后很可能会发现他勒索的动机。"

"那为什么要留着信封呢？"

"这个，当他刚开始勒索敲诈的时候，可能必须给菲茨杰拉德看一些证据。由于女孩毫不怀疑和他结过婚，菲茨杰拉德理所当然会认为信封里装着证书。很显然女孩是这么以为的——这就是她想从阿尔伯特手上哄骗过来的东西。"

"那下一步怎么办，长官？"

"盘问一下女孩怎么样？她可以告诉我们所有关于结婚仪式的事。我们可以跟进她的供述，看看到底是真是假。"

朗点头表示同意。

"见过她之后，再和菲茨杰拉德聊一聊如何？他今天完全没提那晚上过屋顶的事，不是吗？有些可疑啊。他上屋顶肯定没干啥好事儿。除非，"朗眼睛闪闪发光补充道，"他在用气枪打野猫！"

由于当时天色已晚，因此他们决定第二天早上趁菲茨杰拉德去银行上班的时候，再去拜访乔伊丝·菲茨杰拉德。

10点刚过不久,梅瑞狄斯和朗被女佣带进菲茨杰拉德家的客厅里,阳光透过高大宽敞的窗户洒进屋内。乔伊丝·菲茨杰拉德随后立刻进了客厅。侦探们能明显感觉到他们的拜访让她又惊讶又不安,尽管她礼貌地请他们坐下,但她自己却非常局促。朗希望梅瑞狄斯来做这次盘问,因为他天生不喜欢访问女性。梅瑞狄斯看到女孩明显焦虑不安的状态,决定谨慎开始。他不想吓到她,让她防备心过重。他静静地有条不紊地问了一系列关于她丈夫与死者关系的问题,然后逐渐转向阿尔伯特,最后提到4号房花园里那场奇怪的对话。女孩的态度立刻变了。她开始充满怀疑,回答谨慎起来,显然好奇梅瑞狄斯有什么目的。

梅瑞狄斯突然站起身,特别坦率直白地说道:"听着,菲茨杰拉德夫人,再拐弯抹角下去也没什么意义。这几天我们知道了很多关于科顿上尉和他仆人的情况。比如,我们知道你和你丈夫在来切尔滕纳姆之前就认识这两个人。我们知道——至少我们有充分理由相信——科顿一直在勒索你的丈夫。我们甚至怀疑这场令人不悦的敲诈的动机与你有关。现在,菲茨杰拉德夫人,你准备好和我说实话了吗?告诉我你之前和科顿上尉的关系?我保证,从长远看你的坦白对我们解开围绕着科顿上尉死亡的谜团大有裨益。作为回报，我想我们也能为你做点什么。明白吗？"

"你到底想让我告诉你什么？"乔伊丝颤抖着嗓音问道，"我觉得对我来说，如果我丈夫在场，这一切才更公平更容易一些。"

"是的——我理解——但在和菲茨杰拉德先生对话之前，我们特别想单独见见你。首先，"梅瑞狄斯一手塞进口袋，补充道，"你见过这个吗？"

乔伊丝从警司伸出的手上接过那个东西，瞥了一眼，惊讶地抬起头来。

"证书！你们在哪里找到这个的？你们怎么会有这个？我想你们现在肯定知道……你们肯定……"

梅瑞狄斯打断她困惑不解的自语："你曾经是科顿上尉的妻子？你是想说这个吗？"她默默点了点头，沮丧地翻转着手上的信封。"打开看看，"梅瑞狄斯建议道。

乔伊丝笨拙地把手指伸进信封里摸索着，然后掏出一张空白的纸。她再次露出一脸惊讶困惑的表情。

"这是什么意思？证书在哪里？我看见马克把证书封在这个信封里的。我和我丈夫很肯定这一点……"她一时语塞，最后困惑地摇摇头，无法相信眼前这个把戏。

梅瑞狄斯仔细解释了警方是如何掌握这份证书的，并提起了他前晚想到的推测，来说明这个神秘的把戏是怎么回事。

"但这怎么可能！不是吗？"乔伊丝叫道，"不是真的结婚？但结婚仪式要怎么说——马克不可能伪造这个吧？"

"也许你可以先帮助回答我们这个问题，当时到底发生了什么？你第一次遇到科顿——是什么时候？"

"大约6年前，"乔伊丝开口道，努力抑制住自己的情绪。"我当时在西区的一家裁缝铺工作，那是我的第一份工作。一天晚上，在电影院里，马克坐在我旁边，我们聊了一会儿天。我感觉他是一个挺体面的人，再加上我当时很孤单，就经常和他出去。几个星期后，他向我提了一个让我相当不高兴的建议，因此我们有一段时间没联系。但他不停地给我写信打电话，最后我退让了，我们又开始见面。那时候，我真的开始喜欢上他了，过了没多久，他就提议结婚，我开始认真考虑其中的利弊。你知道的，梅瑞狄斯先生，我的前景并不光明。我挣得不多，自己一个人住在卧室兼起居室里也并不有趣。但我还是拒绝立刻做决定。结婚的事情搁置了一两个月之后，马克终于开始逼迫我给出明确答复。嗯，这一部分就长话短说吧——我们是在那年春天在注册办公室结婚的。马克非常不喜欢在教堂举行婚礼，我自己没有什么强烈的想法，就遂了他的意。"

"公证结婚的想法是他提出来的，对吗，菲茨杰拉德夫人？"

乔伊丝点点头,继续说道:"是的,也是马克安排的所有事情——确定日期、地点和具体时间,等等。那天早上,他去贝尔西斯路我住的地方接我,我们上了一辆出租车,然后出发去的注册办公室。"

"就你们两个人吗?"

"不是——阿尔伯特和我们一起去的,他是我们的见证人之一。马克解释说到时候登记员会安排另一位见证人。"

"我明白了。那么这个办公室到底在哪里?"

"嗯,这个问题很难回答。我们好像在贝克街某处拐的弯,然后穿过了好多条小巷。我那时候对城里不太了解,而且因为太兴奋了,完全没想过要问马克我们去的是哪条街。我不知道为什么,但有一个模糊的感觉,可能是在尤斯顿车站附近某个地方。我可能看到过车站——我真的记不清了。我只记得,当我们到那里之后,进了一栋大楼底层一间非常昏暗的房间,那好像是一栋办公大楼。房间里几乎没有家具——只有一张桌子、一两把直背椅和一条地毯。登记员是一个上了年纪普通长相的人。注册过程中他一直碎碎念个不停,好像对整件事很厌烦的样子。见证人好像更不起眼,因为我只记得他有一头红发。"

梅瑞狄斯沉默了一会儿,然后说道:"好吧,坦率地说,菲茨杰拉德夫人,你的话更加让我怀疑结婚仪式是假的。当然,这一点我们可以去萨默赛特宫①查证。如果你可以给我一些必要信息——日期、年份、教名和你的婚前姓等,我就可以立刻联系伦敦警察厅。"

"我们一直以来经受的这些要命的麻烦——不断担心恐惧马克会报警,时时刻刻需要保密——其实都是不必要的吗?"

"的确。你看你的坦白很有可能帮助澄清事实,不是吗,菲茨杰拉德夫人?"

乔伊丝点点头,然后犹豫了片刻,突然说道:"但那个谋杀案!会是谁杀的马克呢?自从那个可怕的夜晚起,我和我丈夫就一直在问这个问题。你有什么想法吗,梅瑞狄斯先生?"

"目前没有,"梅瑞狄斯强调道,"但这并不意味着我们找不到真相。"

"发愁吧?"当两人步调一致地穿过广场,向克拉伦斯街走去的时候,朗问道。"这谋杀案有点意思,没有空穴来风的。我注意到你没有提起阿尔伯特透露的其他信息——我是说那天晚上她老公出现在屋顶上的事。我敢说她一定着急想知道那天的对话被偷听到了多少。还有我们到底知不知道阿尔伯特对她丈夫不怀好意的评价。因为你

---

① 萨默塞特宫(Somerset House)是一座新古典主义宫殿,1836 年英国登记总办在此处成立,处理出生、死亡和结婚证明事务,萨默塞特宫现已改为展览馆。

告诉她了,所以她知道警察知道关于敲诈勒索那部分的谈话内容。她表现得很不安,对吧?着急想知道我们是否有嫌疑人?我赌一盒雪茄是老菲茨杰拉德干的,长官。"

"等到了警局,我们请他过来一趟,怎么样,朗?我们肯定得再盘问一下他那晚的动向,越快越好。"

朗一通长途电话打给了苏格兰场,追查结婚证书的事情,然后又拨通了波尔森银行,问菲茨杰拉德能否来克拉伦斯街一趟。银行经理答应立马过来,然后不到5分钟时间,他就坐在督察的办公室里了。这次是朗开口。尚克斯毫不起眼地坐在后面,手上拿着笔记本和铅笔"时刻准备着"。

"现在,先生,我无意用一些无关紧要的事打扰你——但我们手上掌握了一些明确的需要进一步调查的信息。与你有关的信息。简单来说,先生,我们想知道6月13日晚上9:15左右你在马修斯先生的屋顶上做什么。"

"6月13日?"

"科顿上尉的不幸日,先生——谋杀发生的那天。"

"屋顶上?你们究竟是怎么想的居然……"

"根据我们收到的信息——证人宣誓绝对没有认错人。你怎么看,先生?"

"但这太荒谬了,督察!我在屋顶上要干吗?"

"这正是我们想知道的。我还可以补充一点,我们找到了证人证词的确凿证据。"

"你这是什么意思？"银行经理焦虑地问道，"我不在屋顶上，你们怎么可能有这样的证据？"

朗耸了耸他宽阔的肩膀，盯着天花板，开始揉他的三层下巴。

"我在等，先生——我们的警司也在等。"

"但老天爷啊——等什么？你们到底想要我做什么？"

"告诉我们真相——就这样，"朗不客气地说，"我一开始就警告过你了，先生，现在情况对你很不利，非常不利。比如，如果你没有穿这样的橡胶底鞋……"朗指着银行经理伸出来的脚，微笑道。对方立刻把脚平放在地上。菲茨杰拉德突然站起身，在屋里来回转了几圈。他内心似乎在挣扎着做一些重要决定。警察到底知道多少？会不会都是虚张声势？他该坦白吗？这是梅瑞狄斯想象中他内心纠结的问题。这场明显的内心挣扎会是什么结果呢？真相？还是一串聪明的谎言？两位警官一动不动地焦急等待着。脸上最后一丝血色也褪去了的菲茨杰拉德突然开口了。一开始是结结巴巴的喃喃自语，几乎听不清，但说着说着，似乎被自己的话刺激到了一样，他的声音越来越清晰有力。朗点点头，尚克斯会意地飞快记录起来。

"好吧，我不会再找借口了。我知道你们指的是什么事。你们得相信我说的都是真话。是的，完整的事实，没有一句假话。那晚我确实在屋顶上！但我发誓，先生们，与科顿的谋杀完全无关。和科顿有关——没错——但和他的死亡无关。这里有很多事要说。你们可能已经猜到了部分事实。勒索！简单来说，就是这么丑陋的一个局面。两个字。勒索！相信我，是地狱一样可怕的罪行。它会削弱你——削弱你的力量、你的自尊、你的财力，阻碍你任何想要享受一点幸福的尝试。我会告诉你们我是怎么第一次见到科顿和我妻子的。整件事开始于……"

菲茨杰拉德一点一点地揭开了科顿抓住他把柄的全过程，有些侦探们已知，有些头次听到。汉普斯特德——令乔伊丝难以忍受的婚姻——科顿的漠视和精神折磨——他们的亲密关系——切尔滕纳姆的工作机会——一个忘记过去，结为夫妇重新开始的机会——科顿出现在5号房——他威胁曝光他们的秘密——第一次支付"封口"费——更多要求——更多"封口"费——担心——无休止的恐惧和可怕的不安感。

"最后我终于受不了了。我已经付了大概2000英镑的钱。我能预见自己被迫卖掉房子来满足科顿需求的下场。我已经无路可走。我能跟谁借钱呢？抵押房子？还有什么办法？最后，快被逼疯了的我做了一件让自己后悔不已的事情。我开始挪用银行的钱。一旦开头，就再也停不下手，最后越陷越深。2个月前，我惊恐地发现自己已经从银行挪用了3000英镑。3000！而且完全没有立时补上这个窟窿的可能。然后我突然有了一个主意。我常去科顿家，知道他的保险箱在哪里，也确定我付给他的大部分现金都被他囤积在那个保险箱里。简而言之——我决定把自己的钱，更确切地说，是把银行的钱偷回来。也许是一个疯狂的想法，但似乎也是解决我困境的唯一办法。科顿可能会怀疑我，但只要我小心，我想科顿也没办法证明我就是小偷。同时，还有一个可能性也让我很心动。如果结婚证也在保险箱里呢？我不就可以一起偷出来了吗？我知道装证书的信封长什么样。科顿经常在我眼前挥舞炫耀这个该死的东西。你看，他自恃体格比我强壮，所以喜欢用这种方式来激怒我。当然，他可能还有证书的复制品。他也可以从萨默塞特宫再申请一份——但当时我只想有个喘气的机会。有时间坐下来，好好想想这个问题该怎么办。但问题是要怎么撬开保险箱？保险箱有密码，虽然我的职业教会了我很多关于保险箱的知识，但显然我不知道可以打开科顿保险箱的密码。最后，我终于想到了一个计划。我注意到科顿把书房的百叶窗拉下来的时候，他通常只拉中间大窗户的百叶窗。你们可能也注意到窗户是突出来的弧形结构。这意味着，晚上的时候可以从两侧的小窗户看到房间里的情况——只要找好角度。经过谨慎的探查，我发现从马修斯家的屋顶上可以清清楚楚地看到科顿保险箱的正面。我开始在天黑之后从我家天窗爬出去,观察科顿家。我买了一个特别强大的双筒望远镜,希望能在科顿下次打开保险箱的时候,用它看清保险箱的密码。但你们应该能想象到我的观察多是徒劳无功的,我又是多频繁地在屋顶上等着科顿去开他的保险箱。但终于有一次我的运气变好了,我记下了密码的第一部分。要不是科顿动了一下,我就能记下完整的密码。然后就到了6月13日,科顿和我一起去银行,然后以一种嘲讽的方式向我宣布,他的资金已经累积到了一个很可观的数字,他打算拿来投资。他告诉我他打算晚餐后去找布勒,去咨询他的意见。这让我警惕起来。我心想,科顿晚上很可能会清点一下他保险箱里的东西。但我担心他会在天黑之前做这件事。然而,我的运气还在,9点过后不久,我在马修斯的屋顶上待了大约20分钟,科顿书房的灯亮了起来,我看见他走进了书房。这次我看到了剩下部分的密码。但我还没来得及撤退的时候,阿尔伯特从5号房的前门出来了。我迅速闪到了一个烟囱后面,但从你们刚才告诉我的话来看,我想阿尔伯特应该就是你们的证人了。哎,简而言之,这就是我这两年来所处的状况。如你们所想,并不全是甜蜜的日子。现在轮到你们决定该怎么走接下去的程序了。当然,我想我应该向我的上级坦白情况。"

"没错,但等一等,先生,"梅瑞狄斯意识到银行经理要结束话题的语气,打断道。"你还没有告诉我们完整的故事,对吗?你说那天晚上你看到了完整的密码。你是否把这个密码派上用场了呢,菲茨杰拉德先生?"

"你是说我有没有打开过科顿的保险箱吗?好吧,这是明知故问,不是吗,梅瑞狄斯先生?你知道保险箱被偷了的事情。整个广场都在讨论这起盗窃事件。既然我已经坦白我知道密码……所以……"

梅瑞狄斯点点头。

"我们确实怀疑过你。当然不是一开始,而是随着调查慢慢进行后产生的。但我还是希望能听到你的描述,这样我可以核查一些细节。纯粹是官方例行公事。"

"好吧——事情是这样的。首先你们得明白,我并没有打算那晚去开保险箱。我是在你们把我叫到布勒家问话的时候才有的这个想法。因为当我意识到科顿死了,阿尔伯特也出门不在家的时候,我明白这是一次天赐良机,我必须把计划付诸行动。我希望你们明白我妻子对我的这些计划是完全不知情的。我每次去屋顶侦查情况的时候都不得不编造借口,趁她不注意偷偷溜上去。那晚也是这样。在盘问结束回到家之后,我在脑中翻来覆去地想着这件事,最后决定不再拖延立刻行动。我告诉妻子要出去散步。因为睡不好,我经常在睡前这样做。她自然也没有任何怀疑。我戴上一双软皮手套,仔细观察了一下科顿的屋前屋后,确认房子里没有亮灯,然后发现前门没有锁,就偷溜到二楼书房。为了满足科顿的需求经常去那里,所以我对这栋房子当然很熟悉。在一个袖珍小手电筒的帮助下,我开始干活。参考着草草记下的笔记,我很快就把保险箱打开了。就在那时,你和其他警官出现了,按响了门铃。我快速抓起一摞摞钞票,关掉手电筒,摸索着往楼下走。但不幸的是,我到达门厅的时候,你们可能还记得,恰好撞上你们进屋。然而,我设法溜进地下室的楼梯,跑到花园里去,穿过大门,进到我自己的花园里。我还听到你们的人在喊巷子里没有人影。其实他离我屏住呼吸站着的地方只有几米远。等兴奋的情绪平复之后,我悄悄穿过厨房沿着门厅进入自己的房子,然后砰的一声关上前门,回到我妻子身边。我想,这就是你们想知道的所有事情了。"

在这场漫长的陈述结束之后,菲茨杰拉德筋疲力尽、摇摇晃晃地栽倒在椅子上,机械地接过梅瑞狄斯及时递给他的香烟。

"你在屋顶上待到了几点?"警司问道。

"大概是9:20的样子。"

"你有没有注意到有其他人在附近徘徊?有听到任何不同寻常的声音吗?"

"很奇怪你会特意提到声音,因为我确实听到了点什么。一种沉闷的撞击声——就像那种垂直推拉窗被关上的声音。"

"这声音是从哪个方向来的？"

"好像是1号房或是2号房。听起来好像是从韦斯特的房子那边传来的。但当然这是不可能的，不是吗？"

"的确，"梅瑞狄斯同意道，但心想："天窗——可能是有人偷偷溜进空房子，然后把天窗关上的声音。"然后他继续大声说道："好吧，先生，就法律上来说，我不能确切地告诉你将会有怎样的结果。我想这取决于你的上级是否要采取相关措施。但我确信，就我们看来，你做对了一件事情，就是把全部真相告诉我们。我还有一个想法，关于与你妻子的婚姻问题，妥善解决的希望很大。等你回家之后，毫无疑问她会告诉你这件事。与此同时，能否请你通读并签署本声明？谢谢。我想我们不需要再占用你更多时间了，菲茨杰拉德先生。"

第十章

四月屋

"好了,就这样了,"梅瑞狄斯说着,尚克斯已经跟出去把银行经理送到警局门口。"你觉得他说的是实话吗,朗?"

"是的,长官——老实说我觉得是真的。除了他的陈述,还有考虑到人的因素。我一直认为人的因素能和目击证人一样透露很多事实。就拿现在这个情况来讲,这个可怜虫明显饱受折磨,经历了很多糟糕事。他费了老大的劲儿才能开口,但一旦开口,我敢打赌他说的都是真话。而且就我看来,他的故事中有太多间接细节来证明那不可能是个虚构的故事。"

梅瑞狄斯倾向于同意督察的想法,并指出警方掌握的事实似乎与菲茨杰拉德的陈述完全吻合。屋顶上的脚印并没有通往空房子的天窗,而是停在了一个可以通过侧窗看清科顿书房的位置，正如银行经理解释的那样。此外，他还看到了阿尔伯特从5号房出来，这是一个很强有力的佐证，因为问询开始前警方并没有透露证人的名字。最后，他不仅供认了自己盗窃科顿保险箱的罪行，还坦白了因为急需3000英镑而伪造银行账簿的事情。如果他一直在撒谎，那么他肯定不会在自己的虚假供词中编造两项不利于其职业生涯的罪行吧？无论如何，梅瑞狄斯分析出，有一部分的供词肯定不会有假，因为他提到了在黑暗楼梯上的偶遇，以及他随后飞快穿过地下室，从花园大门跑走的细节。综合考虑一切，朗和梅瑞狄斯都相当满意，因为银行经理肯定与谋杀无关。

"又是一条死胡同，"朗痛苦地说道。"先是韦斯特，现在是菲茨杰拉德。我们的调查好像都是从一串烫手的线索开始，但最后却该死的凉得不能再凉了。我们似乎无法动摇韦斯特的不在场证明。与此同时，也没有进一步能定罪的事实出现。我们现在到底何去何从呢？画上句号吗，呃，长官？线索再一次断掉之后，我不知道该怎么继续下去了。"

"非常令人沮丧，朗。对此我相当同意。但无论如何，还是厘清了一些事情。假设我们排除了韦斯特和菲茨杰拉德的作案嫌疑，那么可以很有把握地说凶手一定就在广场上剩下的弓箭手中——也就是布恩小姐、马修斯和普拉特。我们有确凿的证据表明,谋杀发生时,马修斯就在自己的客厅里。你记得吧,尚克斯从他女仆普鲁登丝口中套出来的话。她发誓是在9:30整给她主人送的阿华田。那就只剩下普拉特和布恩小姐了。现在我们必须核实他们的证词——看看他们的不在场证明是否真的成立。为了节省时间,督察,我建议你去查布恩小姐,我来解决普拉特。"

"嘿,这有点过分了,长官!我不会和女人打交道。特别是像布恩小姐这样的悍妇。看她阅兵游行一样的步伐和她那群脏死了的串串狗,叫她布恩将军更合适一些。"

梅瑞狄斯笑了。

"没错,你最好再审问一下她的狗。也许她教会其中一只怎么拉弓射箭了。"

朗叹了口气,最后沮丧地说道:"如果我真的被痛苦折磨死了,我只希望你能查出真相。哦,天啊——真可怕的一个女人!我好奇她怎么不穿裤子戴毡帽呢!"

当梅瑞狄斯走回广场吃午饭时,他不禁思索着普拉特——普拉特怎么样呢?谋杀发生时,他并不在广场,而是去探望一位病人了。当布勒跑到他家去告诉他这个不幸的消息时,他的车恰好才驶进广场。尚克斯被派去打探关于他这次探病的一些具体细节——关于患者的名字和地址,医生离开的时间等。梅瑞狄斯掏出笔记本,翻到摘自尚克斯整理记录得极好的简要大纲。没错——就是这里,列表显示如下：

病人的名字——安东尼·约翰·韦德

邮寄地址——莱克汉普顿路，四月屋，维奥莉特·布莱克夫人（寡妇）转交

病人的职业——无

房东太太布莱克夫人表示普拉特于9:15（约）离开四月屋。韦德无法确认，因为医生离开的时候他已经睡着了。过去几个星期韦德都在医生这里治疗。他有失眠、全身虚弱和神经紧张的症状。6月13日晚，韦德因为腹痛请布莱克打电话叫普拉特。普拉特于9点前不久抵达——给韦德注射了吗啡以助眠。

梅瑞狄斯专心致志地研究着这份笔记，太过专心还差点撞上了路灯，他越看越觉得普拉特的证据表面上看都没有问题。他已经给韦德治了好几个礼拜的病，到目前为止，两人之间没有什么私人关系（可以合伙犯罪）。另外，布莱克夫人有没有可能搞错时间呢？15分钟会有很大的变数。但除非梅瑞狄斯有空研究一下小镇的地图，不然没办法说清从莱克汉普顿路到广场开车到底要多久。他有印象那条路比较偏远，可能正如街名那样，在莱克汉普顿山下。

回到8号房后,他看到奥尔德斯·巴尼特正坐在扶手椅上,看着报纸,品着一杯苦味杜松子酒。

"要和我一起来一杯餐前酒吗,梅瑞狄斯?不?雪利酒呢?恐怕我已经跟我在海军的兄弟一样染上了喝苦味杜松子酒的恶习。你知道的,在食堂里要来一杯餐前酒的传统。好吧,凶手查得怎么样?有新消息吗?"

梅瑞狄斯皱着眉头,把大拇指往下指了指。

"又进了一条死胡同——就这样。"

"本地小报上有个消息你可能会感兴趣,"巴尼特微笑道,"这里又发生了一起谋杀案。"

"什么!"梅瑞狄斯难以置信地惊呼道,"谋杀?什么时候的事?朗为什么不知道?受害者是谁?"

"一只羊。"

"羊?"

"没错,有趣的地方是,这只不幸的动物的死亡方式和科顿一样。它头上也中了一箭。你要觉得我在开玩笑的话,可以自己看看这篇报道。"

梅瑞狄斯接过报纸,在一张椅子上坐下,然后读道:

在温奇科姆寡居屋的威尔弗雷德·贝茨先生的农场上发生了一桩奇事。上周五,农场的一名工人发现在横穿庄园而过的小溪中半躺着一只母羊。母羊被发现的时候,头上插着一支箭，箭似乎是从远离小溪的某个地方射出的。依贝茨先生所见，母羊应该是在痛苦之中跳过了一堵矮石墙，跑了800多米后才死掉的。当地警方很困惑这起事故是怎么发生的。调查正在进行中。

"怎么样？"巴尼特说。"你怎么看？"

"确实有些巧合，"梅瑞狄斯说，"我想带着弓箭闲逛的人应该不多。谁在查这个案子？我想应该是温奇科姆的人。"

"你觉得这里面会有线索吗？"

"有可能。我目前还看不到两者之间的联系，但这并不意味着没有。比如，我想看看那个箭头。报道里并没有说得很详细——但我很想知道那个箭头上有没有倒钩？"

"嗯，"巴尼特理解地点头哼哼道，"再来一杯吗？"

尽管贝茨先生死去的母羊让梅瑞狄斯感到很困惑不解，但他目前更关心普拉特医生。午餐后不久，他就来到隔壁房子，发现医生在家并能为他腾出宝贵的几分钟。

"可以给你10分钟，"普拉特瞥了一眼他的手表。"2:30我在医院有工作。有什么问题吗？"

"主要是为了这个，普拉特先生。前段时间，我们记录了一份关于您6月13日晚上动向的概要。您在记录上签了字。坦白来说，我们认为在目前这个节点上，我们有必要对这份记录进行更彻底的调查。"

"好吧,这该死的……"普拉特怒气冲冲地开始,"你不会在说我是犯罪嫌疑人吧?这可真是一个糟糕透了的笑话,不是吗?当时在莱克汉普顿的我怎么可能做到这样可怕的事情呢?"

"这只是我们的一个疑点,"梅瑞狄斯和蔼地回答道,"但我希望你能驳倒我们。你记得大概是什么时候离开莱克汉普顿路的吗?"

"正如我说过的那样,9:15。"

"我听说你离开的时候,你的病人韦德先生已经睡着了?"

"没错。我给他注射了一些吗啡,来缓解疼痛,帮他睡个好觉。"

"他是哪里不舒服?"

"由神经衰弱引起的急性消化不良。这家伙生活太过放纵,现在自食恶果了。我警告过他要悠着点,但你知道现在的年轻人。"

"你与韦德先生有私交吗?"

"没有。"

"你是从哪条路开车回家的?"

"沿着莱克汉普顿路,经过大学旁边的巴斯路,上了高街,最后从温奇科姆路回的家。"

梅瑞狄斯草草记下几条笔记，然后抬头问道："你的病人现在怎么样了？"

"恢复健康了，谢谢。"

"好的。"梅瑞狄斯站起身。"好吧，就这样了，普拉特先生。抱歉浪费了你的时间。"

巴尼特深蓝色的阿尔维斯跑车正停在外面，等着载警司去莱克汉普顿路。巴尼特开车。

"现在，先生，请把你的速度计指针保持在50左右，我来记时间。现在正好是2:25。普拉特说他走的这条路。"

当梅瑞狄斯查看着他草草记下的笔记里街道的名字时，流线型的跑车慢慢驶出广场。巴尼特灵巧地穿梭在此时挤满了自行车的高街，开过大学——风化的石头建筑在午后的阳光下格外柔和可爱——最后漫游在莱克汉普顿路上。梅瑞狄斯突然叫道："哇！我们到了——四月屋，右手边，先生。我们用了不到15分钟。"

"天啊！四月屋，"巴尼特讽刺地嘟囔道，"这些人到底是怎么取名字的？四月？看起来更像霜冻的十二月。"

看着布莱克夫人房子脏兮兮的外墙，这个广场没有一点春天的感觉。几株稀疏的月桂和枯萎的天竺葵杂乱地在未上漆的铁栏杆后蔓延，在低矮的凸窗上长着一株郁郁葱葱但分外丑陋的叶兰。梅瑞狄斯敲了敲生锈的门铃，一阵丁零当啷的声音在这栋怪兽般的建筑内部响起，最后把一脸严肃的布莱克夫人引到了门口。

"如果你们是想找房间的话,"她略过了开场白,直接说道,"我这里已经满了。最近半年都不会有空房。但我想威廉姆斯夫人那边……"

"没关系。我只是想见见韦德先生——如果他在的话。我还想跟您谈谈,布莱克夫人。我是警察。"

布莱克夫人后退了一步,一脸惊恐。

"警察?哦,别说是韦德先生犯了什么事!我承认他是一个有点太过活泼的绅士,但我相信他的心一定是好的。"

"我能进来吗?"梅瑞狄斯直接说。

"这边,长官,"布莱克夫人恭敬地带着警司走进那个有叶兰凸窗的房间,房间里一股煤烟、樟脑和毛毯的味道。梅瑞狄斯被安排坐进一张套着蕾丝椅罩但硬邦邦的扶手椅里。布莱克夫人则拘谨地坐在一张黑色马毛沙发上,小心避开了用来装饰的丝绸垫子。

"说吧,长官?"

"我希望您尽可能回想一下6月13日那天,布莱克夫人。也许我可以帮您回忆一下,就是韦德先生让您打电话找医生的那晚。"

布莱克夫人脸色好了一些,因为聊到这样家常的东西,不会像牵涉法律那么紧张。

"没错——那天晚上,他突然痛得受不了。可怜的小伙子。'马上叫普拉特医生,'他跟我哀求道,'不然我脑袋就要爆炸了,布莱克夫人。'我说'你该去床上躺着,马上,你现在根本站不住'。我又强调了一次。他抱怨了一下,但我还是成功让他去床上躺着,还给他塞了个热水瓶,然后才去路边的电话亭给医生打电话。"

"普拉特医生给他看病有一段时间了,对吗?"

"是的,长官——断断续续好几个礼拜了。"

"他们两个互相熟悉吗?我是说你知道他们两个有私交吗——除了医生和病人的关系之外?"

"这个,他们两个人讲话好像都比较随意。但年轻的韦德先生好像和谁都那样。总是喜欢打断别人。但我从来没听他说过和医生在外面见面的话。"

"韦德先生的身体有什么问题?"

布莱克夫人本能地瞥了一下四周,压低了嗓子回道。

"医生说是什么神经和急性消化不良的问题,但现在就你跟我——我没跟任何人说过这个——但我觉得那个小伙子有点太爱喝酒了!虽然他并没有造成什么能让我抱怨的麻烦,但他确实常常喝得醉醺醺地回来。"

"我明白了。6月13日,他发病前,你觉得他有一直在喝酒吗?"

"这个我不能肯定,长官。"

梅瑞狄斯换了一个角度切入。

"那天医生是几点到的?"

"我大概记得是在9点钟的样子,长官。"

"那他是几点走的呢?"

"就在9:15前。"

"你好像对他离开的时间更有把握。有什么原因吗,布莱克夫人?"

"当然,长官。医生给韦德先生看完病之后,就下楼把我叫进门厅。聊了几句关于那个可怜小伙子的事——嘱咐我怎么给他准备食物,让他卧床一两天之类的。然后医生抬头看了看我老祖父留下来的钟,说:'天哪,布莱克夫人,不可能真的已经这个时间了吧!''是的,先生,'我说,'这钟我已经用了25年,从来没有出过错。'但为了满足他,我还是把头伸到厨房去看了一眼那边的钟。两边的钟时间都一样,所以我知道时间肯定没问题。没错——医生是在差一两分钟就9:15时离开的。我发誓没错,长官。"

话刚结束,传来前门咔嗒关上的声音和一阵欢快的歌声。梅瑞狄斯瞥了一眼窗外,看见一个穿着蓝色双排扣西装、戴呢帽的年轻人跌跌撞撞地走来。即便光线不好,也能一眼看出他醉醺醺的样子。

"那是韦德先生吗?"梅瑞狄斯问。

"就是他，"布莱克夫人立刻回答道，完全不需要看一眼窗外。"他一喝醉就爱哼哼。"

梅瑞狄斯站起身。"能在他回房间之前叫住他，帮我问一下他能否跟我聊一下吗？单独聊一下，如果您不反对的话，布莱克夫人。"

房东夫人赶忙出去，在一阵短暂的低语之后，门被打开来，年轻的韦德飘了进来，手伸得长长的，脸上满是和蔼可亲的微笑。

"你好啊，老伙计。房东老太太说你要严刑拷问我。在我们正式开始前，我想你不介意我们换到我房间去吧。这个讨厌的房间容易让我紧张。"

"我完全没问题，"梅瑞狄斯笑着回道，"麻烦你带个路。"

来到韦德的寝室客厅两用房间后，他从衣柜里掏出一瓶威士忌和几个杯子。倒了两杯烈酒，掺上一点苏打水后，韦德栽倒在自己床上，点头示意梅瑞狄斯在一把扶手椅上坐下。

"好吧，你要指控我什么，老伙计，强奸、谋杀、纵火还是故意遮挡车牌？如果是最后一项的话，那你肯定找错人了。因为我没有车。买不起。事实上我什么都买不起。"韦德说着举起他的酒杯。"除了这个。"

"你认识普拉特，对吗？"

"亲爱的老普拉特——我当然认识。大好人一个,老普拉特。万分感谢他的专业服务——我得说,转危为安真是多靠了他。没想到自己醉得那么厉害。不信你可以自己试试。仔细想想,真是转——专业极了,老伙计,就这样。"

"他一直在给你看病①,对吗?"

"什么,请我喝酒?——老普拉特!没有。从来没在酒吧碰到过他。事实上,我在坎宁顿撞上过一个讨厌家伙。"

梅瑞狄斯笑了。

"不——我是说看病。你不是生病了吗?"

"生病!过去几周我感觉自己快要死了一样。老普拉特说我的引擎要坏了还是怎么的。老实说,伙计,我真的痛死了。有天晚上不得不打了一针吗啡。别问我喜不喜欢!我飘起来了,老伙计。就像气球一样。真舒服。"

"就是布莱克夫人不得不紧急打电话那晚吗?"

"是啊。简直不敢相信,我一缓过一口气儿来那老太太就收了我两便士打电话的钱。我有时候是有点抠门儿,但她是一直都那么抠门儿。一提到钱,她的手就像蚌壳一样紧。"

---

① 原书用词 treat 有多重含义,可理解为"治病、治疗",也有"招待"的意思,此处韦德误以为是第二个意思。

"你第一次见普拉特是什么时候?"

韦德看着对面的警司,露出一丝好奇疑惑的神色。

"我说,伙计——如果你不介意我直接问的话——这是怎么回事?是那个老巫医胡说八道了什么吗?如果是的话——肯定跟我无关。我从来没在这个房间外见过那个家伙。散步的时候可能跟他打过一两次照面。就这样。我想工作时间之外他应该也不想要我做伴。事实上,是我舅舅布勒把他介绍给我的。我舅舅人不错。就是身上毛病多。"

"布勒?"梅瑞狄斯惊讶地打断道,"你是说摄政广场的爱德华·布勒吗?"

"是啊,老伙计。那是我舅舅特迪。我去世的父亲娶了他去世的姐姐。你认识他吗?该死的!你当然认识他。我完全没过脑子。科顿就是在我舅舅特迪的屋子里被打死的。上尉人挺好的。非常壮实。但他怎么没躲过去呢。你让我静静,老伙计——让我想想。"然后他一脸不可置信的表情。"你不会是想说老普拉特是嫌疑人?"

"我什么都没说,"梅瑞狄斯说。"是你在说——至少我希望你能告诉我一些东西。"

"说话跟梅·韦斯特[①]一样。不管怎样,你的下个问题是什么?希望是简单爽快一些的。再来一杯?"

---

① 梅·韦斯特(1893.8.17–1980.11.22),美国著名女演员、编剧、歌手,以引人注目的紧身服装以及为了规避当时的审查规则而设计的具有暗示性的"双关语"而闻名。

"不了,谢谢。说回到6月13日。"

"6月13日。"

"布莱克夫人帮你打电话叫医生那晚。普拉特是什么时候离开的?"

"什么时候?啊,你这次难倒我了,老伙计。我不知道。完全没概念。要知道那天晚上我对普拉特最后的印象,就是在吗啡的影响下晕过去前一个模糊的轮廓。他可能待了一会再和我道晚安,但我猜不可能。你知道这些医生都是什么样的——来去匆匆,热心诚恳的样子。你得问房东老太太。"

"我问过了。"

"我明白了。所以你想从我这里得到左……佐……"

"佐证。"

"谢谢。再来一杯。"

梅瑞狄斯笑了笑,摇摇头。

"没有时间。我得走了。不,不用送我下楼。我自己出去就行。"

"你很幸运,老伙计。"韦德摇摇摆摆地从床上爬了起来,把空着的手伸了出去。"嗯,聊得很愉快。什么时候无聊了,欢迎你再来。我一向遵纪守法的。你确定不再来一杯?"

"非常确定,"梅瑞狄斯摆摆手,急忙向门口走去。

"谢谢你提供的信息。"

韦德拿起威士忌酒瓶,仔细看了看。

"嗯,我见过很多酒的名字,但从来没看过这个——干杯。"

"怎么样?"梅瑞狄斯一踏进车内,巴尼特就着急地问道。

"很有趣但没什么收获,"梅瑞狄斯说着朝四月屋点点头。"所有证词都验证了普拉特的说法。尽管如此,我还想再来一次测试,看看平均一趟要多久。"

这一次,因为高街上的交通堵塞,他们17分钟后才出现在摄政广场上。因为去的那趟只花了不到15分钟时间,这说明谋杀那晚布勒冲向普拉特家的时候,普拉特才抵达广场这一点符合他的陈述。

"所以普拉特,"梅瑞狄斯沮丧地想,"或多或少也可以被排除了。马修斯的不在场证明也没问题——看起来只能看布恩小姐有没有什么能跟我们说的了。"

他打电话到克拉伦斯街,与朗取得了联系。

"你见过那位女士了吗?"

"女士!"督察的声音因为愤慨而颤抖。"你笑我倒是容易。你不知道我都经历了什么。我现在才缓过劲来。唷!"

"看来你今天过得有点糟啊?"

"有点糟？简直是狂风暴雨，长官。是台风。胆敢怀疑她的话，怀疑她和犯罪有关，她就要把我们告上法庭咧，因为我们对她的侮辱和诽谤行为，等等。当然我努力想要平息她的怒气，但最后只是火上浇油。当我经过重重磨难之后，她又紧紧闭上嘴巴，拒绝回答问题。现在就是这么个情况，长官。我感觉就算她真的有东西能说，要套出来也太难了。我想，"朗用一种哄骗的腔调补充道，"你不会想要接手吧，长官？老实说，我真的对付不了她。"

梅瑞狄斯笑了起来。

"好吧，朗。我会看看我能做什么的。还有别的消息吗？"

"有的——来自苏格兰场的报告。无法查找到科顿和菲茨杰拉德夫人的结婚信息——萨默塞特宫里没有存档。看来我们的判断是对的。我让尚克斯把这个消息传给菲茨杰拉德夫妇。这对可怜人好歹能收到一条好消息转换一下心情，不是吗？你那边呢——关于普拉特的调查有什么好消息吗？没有？太糟糕了，长官。我得说，虽然我很不喜欢那个女独裁者，但我不觉得是她干的。"

虽然梅瑞狄斯也是一样的感觉，但他意识到作为例行公事的一部分，重新调查布恩小姐在6月13日的动向是非常重要的。他一派磊落大方的姿态漫步到1号房前，按响门铃。一串恐怖的狗叫声此起彼伏地响起，越来越响亮，伴随着沉重的脚步声来到门厅。门开了,梅瑞狄斯差点被飞奔出来的狗群绊倒,狗群后面是像座山一样矗立着的布恩小姐。她令人生畏的下巴动了起来。

"如果是公事——再见,"她抢在梅瑞狄斯开口前先说道,"如果不是——可以进来喝杯茶。所以你有什么事?"

"私事,"梅瑞狄斯急忙回答道,"我需要一些建议。"

"关于什么?"

"狗,"梅瑞狄斯说。

"这边走,"布恩小姐吹了一声尖锐的口哨,大步踏进邻近一间房间。"不行——坐这儿,长官!坐!去垫子上,托比!坐这个垫子,长官!去你的椅子下,王子!现在,弗洛西——待在那儿,沙发上!"

等到兴奋的狗群被呵斥安抚住,待在它们该待的地方后,布恩小姐走了出去,带着一个大黄铜托盘回来,上面放满了茶具。

"牛奶?糖?都要。好的。要蛋糕吗?说说什么问题吧?"

"是我姑妈的艾尔谷狸,"梅瑞狄斯流利地说道,"它不吃东西。"

"试过健力粉吗?"

"当然。那是我姑妈想到的第一件事。"

"确定不是瘟热吗?"

"瘟热！我想她应该没想过这个问题。"

"太愚蠢了。如果是只年轻的狗……"

"是还年轻，"梅瑞狄斯迅速说道。

"那么几乎可以肯定是瘟热。有些人就不应该养狗。你姑妈还没老糊涂吧？"

"应该不算吧，"梅瑞狄斯礼貌地回答道，"我该写信告诉她怎么做呢？"

"首先是照规定喂食——牛奶、牛肉汁、鸡蛋和肉末。补充营养，明白吗？然后是洗眼睛。要多清洗眼睛。最好是用硼酸、来苏水和水的混合溶液来清洗眼睛。不会出大错的。但考虑到你姑妈的年纪，我想最好还是叫医生来。我是说，给狗看病的兽医。"

"多谢。您帮了大忙了，布恩小姐。我就知道你会有办法。"

从梅瑞狄斯虚构的姑妈的艾尔谷狸，这场关于狗的谈话慢慢延伸到其他更具体的狗身上，比如，布恩小姐家的狗。她非常坦率地聊到她宠物们身上的疾病，其具体程度除了警察一般人都很难招架。她对梅瑞狄斯越发热情起来。他喝了第二杯茶，要了第二块蛋糕。他其实已经吃不下去了，但出于责任感，还是坚持了下去。慢慢地，他逐渐把话题转到科顿及其死亡上。布恩小姐似乎没意识到从某种意义上说这场谈话已经不那么私人了。

"真可惜谋杀发生的时候你不在现场，"梅瑞狄斯说，"我觉得你的观察力一定很敏锐。你要是在，也许就能给我们提供一些线索。"

"亲爱的——你的同事今天早上来过这里，他不仅觉得我能给你们提供线索，甚至觉得我知道谁是凶手。老实说，我觉得那个白痴怀疑我就是凶手。我好奇你能不能给他套个链子堵上他的嘴。那个完全无脑的家伙就是在威胁。"

梅瑞狄斯带着一丝背叛同事的煎熬，表示同意。

"所以你散步的路上还有回来广场的时候，真的什么都没注意到？"

"没有什么特殊情况，如果你是指这个的话。如果那个没人性的怪物布勒是受害者，我也许能给你爆一些料。"

"哦？"

"没错。他的外甥，安东尼，是他的继承人。侦探小说里这种情况通常就是谋杀的动机。而且这个小伙子一分钱没有，感觉更加迫切。"

"但你那天晚上没有见过他吧？"

"我没有嘛！他开着车在维多利亚路上横冲直撞，差点撞到我亲爱的弗洛西。他很可能喝醉了。他老是这样，你知道的！"

"他有车？"梅瑞狄斯不仅突然引起一股浓浓的兴趣，

还为这个意想不到的消息感到兴奋不已。

"他那晚有。"

"你确定那是布勒的外甥?"

"如果不确定我会告诉你吗?"

"让我想一想,他姓什么来着?"

"韦德。住在莱克汉普顿山那边。靠他舅舅给的零用钱过活。但他是个懒骨头。和科顿一样的酒囊饭袋。在我看来,他就是在等他舅舅翘辫子呢。"

"你有注意到那是一款什么样的车吗?"

"没有。我从来都不仔细看车。在我看来长得都一样。"

"你有印象大概是什么时候看到韦德先生的吗?"

"刚过9:30吧。要知道,我每天遛狗的路程都是一样的。我走到维多利亚路尽头的时候一般都是在9:30。"

梅瑞狄斯点点头,瞥了一眼手表,假装出一副惊讶的样子。

"10:04!"他惊呼道。"虽然我很享受这次聊天,但我真得走了。很感谢你给我姑妈的狗提的建议。我想她也会非常感激的。"

"狗没事就好,"布恩小姐说着把梅瑞狄斯领到前门,然后粗鲁地点头示意道:"再见。"

韦德?天哪——这是什么意思?那天晚上韦德在四月

屋的床上睡觉。他没有车。难道他有？难道他其实没有表现出来的那么穷困？但假使他真有车，他是怎么出现在摄政广场附近的？明明有证据表明他那时应该在莱克汉普顿路睡着了啊。这里绝对有大问题。是什么呢？谁在撒谎呢？韦德？布莱克夫人？普拉特？还是布恩小姐出于某种邪恶的目的编造了这个离奇的故事？不管怎么样，这该死的案子越来越复杂了！

第十一章

又一起死亡事件

　　布恩小姐的证词给梅瑞狄斯的调查打开了一个全新的方向。虽然韦德的不在场证明似乎不可动摇，但从收到的多方证词来看，他觉得完全可以放心假定韦德一定在这个谋杀案中扮演了什么角色。布恩小姐在刚过9:30的时候在维多利亚路上见过他。然而，在查阅完街道地图后，梅瑞狄斯发现了另一个奇怪的点。维多利亚路在广场的东北方向——莱克汉普顿路在东南方向。换言之，如果是韦德杀完人在逃跑的话，他肯定不是往住处跑。也许他把自己的车秘密停在镇上其他地方了？他可能意识到，要除掉科顿就必须得用车，但为了骗过警察，必须得打着买不起车的幌子。因此，搜查一下小镇东北部的车库可能是有用的。

　　接下来，动机呢？为什么韦德要除掉科顿呢？正如布恩小姐表述的那样，如果被谋杀的人是布勒——那动机就再明显不过了。韦德想继承他舅舅的遗产；他不是特别富裕，从他住的四月屋的陈设就能看出来；很可能还负债累累。没错——如果那根箭射中的是布勒的脑袋——那么韦德很容易就会被判做凶手。但到目前为止，没有任何迹象表明他和科顿有不和的地方。如果有关系的话，也是关系融洽的那种。正如韦德自己说的那样。但即使不考虑动机，问题依然多多，他是怎么骗过普拉特和布莱克夫人，离开病床，并在9:30到达维多利亚路的呢？

会是布恩小姐认错人了吗？但考虑到布恩小姐的性格，梅瑞狄斯不觉得有这种可能。她会在某种程度上参与犯罪吗？她有没有可能与韦德达成某种协议，为她提供6月13日晚上的不在场证明，但因为不知道他突然生病了，依然坚持自己的口供，但不知道会有这种不幸的转折？但该死的，她不是那种会预谋杀人的人！也许脾气很大——但绝不是冷血的人。好吧——假设她的证词都是真的。韦德是如何在注射完吗啡后还能溜出四月屋的？他完全不能开车——更别说在这种状态下做出高难度的射箭动作。而且到目前为止，没有证据表明他会射箭。不——即使这个案子真的是他做的，目前手上的证据还完全站不住脚。

普拉特会与犯罪有牵连吗？关于吗啡注射的事情，他是否有撒谎呢？如果有的话，那他掩藏自己可不是一般的狡猾。他的不在场证明已经经过检验,证实无误。似乎也没有理由怀疑他和韦德有私交。但如果真打了吗啡,除非普拉特撒谎了,不然韦德是不可能被布恩小姐看到的。

"我想,"那天晚餐后,梅瑞狄斯对巴尼特说,"我得再溜过去,和普拉特聊聊。"

但医生依然坚持他之前的陈述不变。他很确定自己给病人注射了吗啡,在他离开病床前,吗啡已经生效。而且据他所知,韦德没有车。因为他知道韦德舅舅每周给他3英镑10便士的零花钱,所以如果他想要什么奢侈品,就得勒紧裤腰带自己赚。当然,大家都知道那小伙子是继承人,但除零花钱之外,他舅舅拒绝多给一分钱。不——就他了解,韦德不会射箭。他肯定不是惠灵顿射箭俱乐部的成员。但这并不说明他,普拉特,对这小伙子的私生活有多了解。他对这样的人不感兴趣。

梅瑞狄斯一路追着朗来到他家,虽然朗太太很不满,但他们俩还是巨细无遗地讨论着案件的每一点直到凌晨。疲惫不堪的梅瑞狄斯回到广场,此时的他正处于调查开始后最沮丧的一刻。

第二天早上,他决定去温奇科姆调查一下贝茨先生的母羊的离奇死亡案。他仍抱着希望这个案件能给他指明一个方向。时刻准备帮忙并同时学习警方调查流程的巴尼特,提出开车载警司过去。

第十一章　又一起死亡事件

那是一个沉闷的早晨。乌云聚集在遥远的莫尔文山脊，只有当偶尔一束阳光穿破这阴暗打在水面闪闪发光时，塞文河的银波才隐约可见。从克利夫山山顶往下眺望，茂密树木掩映下的小镇看上去格外阴沉乏味。虽然是七月，点缀着收割过后光秃秃的牧场和灰石墙的高地显得格外凄凉。尽管如此，当汽车驶入漫长而蜿蜒的村庄乡道时，梅瑞狄斯依然无法抑制心中的赞赏之情。没有现代元素来干扰这个地方的古老魅力：层层叠叠的青苔屋顶，装饰着滴水兽的教堂，以及不同凡响的伊尼戈·琼斯[①]的艺术经典。他听过很多关于这些科茨沃尔德村庄的赞语，温奇科姆果然没有让他失望。

他找到了当地警察局，向警长说明了身份以及到访的原因。警长对那起案件依然印象深刻。

"是的，长官——我们有把箭保存起来。我这辈子都搞不明白这是怎么回事。我们怀疑是村里的小伙子搞的恶作剧。"他仔细翻找着柜子，把刚刚谈及的武器递给梅瑞狄斯。"就是这个，长官。看起来不是很专业。箭头好像是手工制作的？"

手工制作，梅瑞狄斯突然一阵兴奋。天哪！他出来调查果然是对的！箭头有倒钩。很可能和从死者头部拔出来的箭头一样。一模一样。相同的长度。类似的倒钩。没

---

① 伊尼戈·琼斯（Inigo Jones, 1573–1652），英国古典主义建筑学家。

错——箭尾搭弦处镶嵌着同样的塑化木,制造商的印记被人用刀子小心翼翼地修掉了。杀羊的人肯定就是谋杀科顿的凶手。但为什么要杀羊呢?难道是疯了吗?

"推测出来的那只羊被射杀的地方,"梅瑞狄斯问道,"是在人迹罕至的地方吗?"

警长点点头:"是的,但这地方人烟稀少。在克利夫山那头的一个深谷里。"

"那天有陌生人出现吗?"

"就我们能收集到的信息来看,没有,长官。我们还问过高尔夫球场上的先生们,以防那个家伙是从克利夫山过来的。村庄里没有人看到什么可疑的人。他肯定是从南顿或是斯托方向的山岭离开的。毕竟,他得扛着一把弓……"

"事发之后,"梅瑞狄斯打断道,"他很可能把弓藏起来了。你介意我保管这支箭吗?如果您逮捕到犯罪嫌疑人要提交法庭审理的话,可以把这个案子转到市总部。可能对我们有大用。多谢。"

离开温奇科姆之后,梅瑞狄斯让巴尼特直接开车到四月屋。韦德恰好不在,警司得以在不打草惊蛇的情况下单独询问布莱克夫人。他再次坐在这间充满樟脑味的局促会客厅里——因为乌云压境、风雨欲来,屋内分外昏暗。

"还是6月13日晚上的事情,"他向房东太太解释道,

"那天晚上医生离开之后,你有看到韦德先生或是和他说过话吗?"

"我没看到他,"布莱克夫人说,"但我在10点上床睡觉前,有隔着门问过他是否舒服,还缺不缺东西。我没有收到任何答复,我猜他是睡着了。"

"打了一针吗啡,这也正常。第二天早上他是什么时候起床的?"

"我记得是11点过后了。"

"那你晚上有听到什么不寻常的动静吗?"

"没有,长官。"

"你的前门是怎么锁的?"

"用一把耶鲁锁,长官。"

"韦德先生有前门钥匙吧?"

"是的,长官。"

"你觉得那天晚上,韦德先生有可能在医生离开之后溜出去吗?"

"哦,当然不可能——医生告诉我他会很快睡着的,我不觉得他能避开我偷偷溜出去。而且他还服了安眠药,不是吗?"

"没错。"梅瑞狄斯站起身,朝大门走去,身后跟着房东太太。"我希望你绝对不要跟韦德先生提起我这次上门的事情。明白吗,布莱克夫人?"

在房东太太向他郑重承诺后,梅瑞狄斯离开,走到等候的阿尔维斯轿车旁。正值午餐时间,直接回到广场后,梅瑞狄斯匆匆用过午饭,然后迅速赶往克拉伦斯街与朗碰头。

"好吧,长官——有什么进展吗?"督察问道。

"没什么进展,除了这个。"他解开那支箭,把它放在桌上。"从温奇科姆借过来的,和杀死科顿的箭一模一样。"

朗哼了一声。"完全不明白这个转折是什么意思。这家伙肯定是哪里不对头,不然为什么要谋杀一只该死的绵羊呢。还废了老大功夫。有趣。那个年轻小伙子怎么样了,那个韦德?正如我那天晚上说过的那样,他很可疑。"

"没错——但动机呢?"

"我一直在想他和犯罪的干系。不——别惊讶,长官。我有空的时候还是会动动脑筋的。你觉得有没有可能是认错人了呢?"

"什么,布恩小姐认错人吗?"

"不——是韦德认错人。你不觉得他射出那箭的时候,瞄准的是他舅舅的脑袋吗?明白我的意思吗——只是一颗脑袋从扶手椅后面冒出来而已。而且那是谁的椅子啊?不是科顿的。是他舅舅的。那他会指望谁坐在那把椅子上啊?肯定不是科顿,对吧?坐在那把特别的椅子上的人十有八九都是他舅舅。我去广场的时候，就老见他坐在那把椅子上。"

梅瑞狄斯跳了起来，被督察的分析刺激到，另一条事实闪过他的脑海。

"天哪，朗！——我觉得你这个思路有点道理。你还记得我调查马修斯屋顶上的脚印的时候，有看过一眼布勒的窗户吗？他就坐在同一把椅子上，而且我注意到他露出椅背的脑袋上有一块秃斑。科顿也有一块秃斑！"

"是啊，"朗继续道，因为提出的理论受到肯定而备感荣幸的样子。"当科顿脖子中箭的时候，布勒在房间的角落里倒酒。还记得他的证词吗？除非韦德在空房间里观察了一段时间，不然他是不可能知道房间里还有第二个人的。他自然不会冒这个险。我觉得他的手法应该是偷溜进去、瞄准射击、观察结果，然后迅速撤退。"

"但那个该死的吗啡怎么说！"梅瑞狄斯暴躁地叫道，"我们要怎么解释这个问题？如果是普通的口服安眠药，还可以用催吐剂抵消药效。我知道有人玩过这样的把戏。但注射，是不可能被排出身体的。"

"那么普拉特肯定有干系，"朗反驳道。"毕竟那只是他的一面之词，他说离开房间的时候韦德已经睡着了。布莱克夫人那天晚上没有再见过韦德。"

"我知道，朗——但即使是这样，他是怎么离开四月屋的呢？普拉特是9:15才离开的。如果韦德要在9:30之前赶到摄政广场并完成谋杀，他必须在普拉特之前离开。"

"房子后面有楼梯吗？"

梅瑞狄斯摇摇头。

"如果有的话，我去韦德房间的时候应该会注意到。为什么这么问？"

"嗯——从你告诉我的信息来看——普拉特从那小子的房间出来后，在门厅逗留了一会儿，和布莱克夫人聊了会儿天。假设，只是假设，普拉特也参与了犯罪——那么这次逗留很可能是预谋的，好方便韦德从后门偷溜出去，不是吗？"

梅瑞狄斯慢慢点了点头。

"那确实很有可能，朗。他很可能是从屋外的水管爬下去，下到花园里的，他的车可能停在屋后面的路上。那里可能有脚印或是某些蛛丝马迹——你觉得我们坐巴士到莱克汉普顿去解决这个顾虑怎么样？如果我们真找到了什么东西，那将是一条至关重要的线索。"

"我完全赞同，长官。"

时隔不久的第二次警察到访，显然让布莱克夫人很焦虑。

"哦，天哪，长官——这太让人心慌了。一想到我家里可能出了什么问题，让我鸡皮疙瘩都起来了。要是知道

第十一章　又一起死亡事件

是什么麻烦就好了！不会是韦德先生有什么问题吧。但他可是连苍蝇都不会伤害的人啊。"

梅瑞狄斯用模棱两可的回答安抚住了布莱克夫人，确定韦德不在之后，要求去他房间看看。一进到房间，他遣走了房东太太，然后招手让朗到窗口来。

"要找线索的话，我们来得真的太及时了。你注意到13日之后都没下过雨吧？但看这天气，要不了多久就该下暴雨了。"他们两把窗户往上推，然后探出脖子往外看。"天哪！"梅瑞狄斯立刻叫出了声，"要犯罪简直太容易了吧，朗？"

"一个小棚屋！该死的，连我都能从这屋顶上逃跑。我们要不要爬出去仔细检查一下？"

梅瑞狄斯一条腿跨过窗台，轻巧地跳到铺着油毡的斜屋顶上，督察小心地紧跟其后。他们跪了下来，双手并用仔细检查着脏兮兮的屋顶。有几条显眼的长划痕表明最近有人上过屋顶。但无法判断这些划痕是否是由长靴造成的。直到他们排查到棚屋的排水沟，在检查排水沟正下方花坛里的肥沃土壤时，梅瑞狄斯才满意地叫了起来。

"脚印，朗！这里——就在月桂丛后面。还是很深的印子——正如我们期望的那样。"

"错不了！这肯定就是他跳下来的地方，"朗低声吹了声口哨，然后说道，"那是花园尽头的大门，他肯定是从这里出去到屋后的。"

他们相继跳到地上,勘察着花园大门远端荒芜的窄道。如果不想惹人注意的话,那是一个完美的停车位。回到屋里后,梅瑞狄斯最后问了布莱克夫人一个问题。

"花园尽头那个大门——你晚上会上锁吗?"

"不会,长官——从来没锁过。"

"多谢。你知道我们现在最可能在哪里找到韦德先生吗?"

"这个,他很可能会在格兰奇街的帕克台球厅。韦德先生特别喜欢打台球。"

"好的——我们会去那里看看。另外,请记住,布莱克夫人,关于这两次上门一个字都不能提。"

"你知道那个地方在哪里吗?"离开四月屋后,梅瑞狄斯问朗。

"在蒙彼利埃花园后面某个地方。所以我们应该直接去处理那个小子,对吗?"

梅瑞狄斯点点头并指出,由于现在的间接证据都指向韦德,所以越早审问他越好。但可惜他们的好运都用完了。台球厅的老板说他午饭后在这里玩了一个小时,但在大约20分钟前就离开了。老板模糊记得他好像去了温奇科姆街的高蒙宫看电影。

"该死的!"梅瑞狄斯说着离开台球厅,和朗一起朝花园走去。"我们不好在电影院里找人。最好派一个人到四月屋盯着,一等到韦德回来就让他立刻来警局一趟。"

"好的。我会跟尚克斯描述一下他的长相。恰好刚刚下雨了,他可以在莱克汉普顿路休息几个小时。可惜我们没有那个小子的照片。"

"我们有,"梅瑞狄斯笑着说道,一边从口袋里掏出一张明信片。"我趁布莱克夫人不注意的时候,从她厨房壁炉上借的。我们更需要这个。不管怎么样,尚克斯只需要在看到有年轻人进屋时问句话就行。"

"是的——但我们要照片干吗呢?"

"我们俩要趁这个时间去周边的车库走走,看看能不能追查到那辆车。"

"走走!"朗倒抽了口气。"下着雨呢现在?"

"总比在莱克汉普顿路空等着好吧,"梅瑞狄斯不怀好意地微笑道。

尽管他们花了整整两个小时,走访了莱克汉普顿路周边大小十几个车库的业主,依然没有找到那辆车的踪迹。在此期间,朗给克拉伦斯街打了个电话,让尚克斯在四月屋就位。5:30时,两个人决定放弃搜查,第二天再继续,然后分开去喝杯茶。吃完饭之后,朗回到警局等韦德出现,准备着随时给在摄政广场的梅瑞狄斯打电话。

那是一个很糟糕的夜晚——阵阵狂风急雨,而且不同寻常地寒冷。喝过茶之后，巴尼特和梅瑞狄斯坐下来好好聊了聊他们一起合作的那本书。尽管梅瑞狄斯三周前就到了，但科顿的谋杀案让他们一直没时间细聊，只大概商议好这本书的大纲。但幸运的是，刘易斯市警察局长福里斯特少校并不反对梅瑞狄斯延长他的逗留时间，直到这边的警方实施逮捕或是决定放弃诉讼。虽然他一直在听犯罪作家讲话，但心里一直在留意着朗的电话。他越发确信韦德和谋杀有关系。有那么一两个关键问题会让这个年轻人难以招架。然而，一直到8:30，他还在等电话。外面依然下着瓢泼大雨，黄昏已提前笼罩着广场。就当梅瑞狄斯已经放弃今晚见到韦德的希望时，电话铃声响起。

在向巴尼特致完歉后，梅瑞狄斯拿起听筒。

"喂？是你吗，朗？他在那里？好的。我马上过去。让他们先聊聊天气，我马上到。"

警司匆匆穿上雨衣，打开前门，低下头，沿着小路走出去。然而，就在大门外，他撞上一位没戴帽子、没穿外套的女人，她从被雨打湿的人行道上跑过来。那女人抬起头来，梅瑞狄斯认出那是布勒的管家甘尼特夫人。

"喂，喂。怎么这么匆忙？"

认出他来的管家，反过来疯狂抓住他的袖子。

"哦，天哪，长官！你必须快点过来！发生了一件很可怕的事情。主人被——哦，天啊，他看起来糟糕透了。

我简直不敢说。"

"听着——振作一点，"梅瑞狄斯厉声说道，"歇斯底里完全没有帮助。你现在要去哪里？"

"去找医生，长官。"

"布勒先生生病了？快点——怎么回事？是突然昏厥了吗？"

"天哪，要是这样就好了。他死了。"

"死了！"梅瑞狄斯叫道，大吃一惊。"听着，你赶紧跑回去。我去找普拉特。快！"

梅瑞狄斯冲到9号房的大门口，按响门铃，不耐烦地敲着脚尖等待答复。

"医生在吗？"女佣一打开门，他就问道，"他必须立刻过来。很着急。"

听到他提高的嗓音，穿着晚礼服的普拉特走到门厅来。

"您好——怎么了？"

"布勒。就我所知很严重。"

"布勒？但我刚刚离开他家。"

"听甘尼特夫人说的。她本来要往这里来。"

普拉特从衣钩上抓起他的帽子，拿上他的专业医箱。

等走开的女佣听不到之后，普拉特才问道：

"怎么了？"

"死了——我想。"

普拉特吹了声口哨。

他们一起跑上楼梯来到布勒的书房,注意到窗户附近点着一盏灯。甘尼特夫人在门外等着他们。普拉特向她递过一个询问的眼神。她点了点头。

"在里面,先生。"

他们走了进去。

布勒坐在离敞开的窗口最近的一把皮革扶手椅上。他一手抓着丝绒便服的翻领,一手盖在一支未点燃的雪茄上,嘴巴微张着。梅瑞狄斯三步穿过房间,医生紧跟在他身后。他们不由对视了一眼。

"天哪!"普拉特颤抖着嗓子倒吸了口气。"这不可能!"

但从股票经纪人脑后伸出一支细长恶毒的箭,无情地驳回了医生无意识的惊呼。

第十二章

1号房的嫌疑人

梅瑞狄斯本能地瞥了一眼他的手表——8:43。他转向医生。

"你刚刚说你才从布勒家离开——这是什么意思?"

"确实如此,"普拉特回答,"5分钟前我还在这个房间,但现在……"

"好的,"梅瑞狄斯说道,"待在这里,注意看着。我马上回来。"

无视了还徘徊在楼梯口的甘尼特夫人,梅瑞狄斯跑下楼梯,冲进广场。他不顾还下着雨,拼命往前跑,溜进空房子的前门,两步并作一步地往前冲。他推了推门。锁着的。又匆匆瞥了一眼被昏暗光线照着的房屋外墙。所有窗户都是关上的。没有浪费一秒钟时间,他又跑到房屋后面。后门也是锁着的。他再次往上瞥。没有一扇窗户是打开的。真奇怪。难道凶手跑得这么快吗？还是说，这一次的箭矢是从其他有利位置射出来的吗？

听到一阵脚步声，他凝视着前方沉沉的昏暗人影，认出那是马修斯。

"听着，先生——布勒家又发生了麻烦事。"他补充道，注意到牧师显然无法理解现在情况的紧迫性，"现在没时间容我跟你解释。我需要你去找菲茨杰拉德来一起守着这里。越快越好，先生，"

"哦，天哪——好的——当然，"牧师在湿淋淋的伞下语无伦次地说道。"当然。"

他优雅地一阵小跑，消失不见了，不久后带着银行经理一起回来了。

"你们一个守前门，一个守后门，"梅瑞狄斯迅速交代。"如果有人出来，就抓住他。"注意到牧师惊慌的样子，又补充道："如果不行就搞清楚他的身份。我马上回来。"

警司不到一分钟时间就赶到巴尼特的书房去打电话。在电话接通警局的时候，他还转头对巴尼特交代："布勒受了重伤。你能赶到隔壁看看能帮普拉特做点什么，可以吗，先生？"然后对着电话说道："喂！喂！是你吗，朗？我是梅瑞狄斯。不——现在没时间管他了。先把他留在那儿。布勒中箭了。和科顿一模一样的情形。明白了吗？好的。现在听着——我想要一个人现在赶到乔治街。去看看我们的朋友韦斯特。明白了吗？看看他在不在家。如果不在家，在他进家门的时候把他拦住，直接带回警局。然后，当然，我需要你和法医立刻过来。还有尚克斯。没时间说更多的了。天哪，赶紧过来吧。"

回到布勒的书房，他看到普拉特在粗略地检查尸体。巴尼特正在一旁，出于职业原因，好奇地看着他。

"嗯，医生——你怎么看？"

"死因吗？这不是很明显嘛？两个案子唯一的区别就是坐在椅子上的人不一样而已。天哪——这太不可思议了！就像埃德加·华莱士的小说一样。让人感觉到震撼——特别是事情发生得这么频繁的时候。"

"那支箭呢，梅瑞狄斯？"巴尼特像华生一样发问，"从什么方向……"

"是的——这正是我想要测算的事情，"梅瑞狄斯打断道，"虽然还未经核实，但我感觉是从同一个位置射出来的。真奇怪。"说着他转向普拉特，"你说在布勒中箭的5分钟前，你还在这个房间里？"

"是的。他邀请我吃晚餐，但因为我手头有一份论文要写，所以没办法留太晚。你按响门铃的时候，我才刚把出门穿的衣服脱掉。"

"这么说，在你离开之后，甘尼特夫人应该立刻上到书房来才对？"

"是很有可能的。我走的时候，布勒还让我帮忙嘱咐她，给他端杯水上去。"

"水？"梅瑞狄斯怀疑地问道。

普拉特微微笑了笑："为了吃药——就是那边的那些药。都是抗酸药。布勒有些消化不良。"他指了指扶手椅旁边的小吸烟桌。"看起来甘尼特夫人按我的吩咐做了——那里有杯水。"

"有车来了，"巴尼特大步走到敞开的窗户边，打断道。"我想是警察。"

下一分钟，朗和尚克斯走了进来，前者还穿着便衣。两位警官对视了一眼。梅瑞狄斯微微耸了耸肩。

"法医在路上，"督察说着走过去查看尸体。"到目前为止，有什么头绪吗，长官？"

梅瑞狄斯又耸了耸肩。他转向巴尼特和医生。

"如果你们不介意……"

"当然不，"巴尼特立刻说道，"过来喝杯酒吧，普拉特？我想我们现在很需要喝一杯。如果有需要，我们就在旁边。"

门一关上，朗就激动地说道："好吧，多么该死的惊喜啊。真是吓了我一大跳。布勒吗？看起来我的凶手认错人的理论能成立啊。正如你可能会说的那样，科顿只是误射。这才是正主。你觉得呢,长官?"

"很困惑,"梅瑞狄斯简单回答道,"你怎么看这支箭?"

"从同一个地方射出来的,不是吗?"

"你怎么看,尚克斯?"

"毫无疑问的事,长官。我敢打赌是从空房子里射出来的。"

"也许——但谋杀发生3分钟后,所有门都是锁上的,所有窗户都是关上的。那小子迅速逃走了。对了,尚克斯——立刻去找房产经纪人格雷格,直接打电话到他家,告诉他我需要他迅速把2号房的钥匙送过来。"

"没问题,长官。"

当尚克斯去打电话的时候,第二辆车停在了广场下面,片刻之后,法医纽瓦克出现在门口。

"喂?同样的情节吗?有点太巧合了吧,梅瑞狄斯。希望你们不要太习惯这个场景。我刚拿到一手好牌。"他走到尸体边上。"嗯——该复印一遍科顿案的发现,好节省时间。击中的是同一个位置。插入的深度也差不多。老家伙不会有多大的痛苦。我们该把箭拔出来吗——这场面可真不好看。"

"嘿,等一下,先生!"朗激动地说道。他转身对着警司。"怎么这次拔箭之前,不用你那套装置记录一下呢？"

"屏风和白纸吗？好吧。警员你能去收集一下这些必需品吗？"

"管家说这张桌子里有，长官，"尚克斯说着走过去，拉开一个抽屉。"这是白纸和图钉。那个笔盘里有粉笔。像上次那样摆吗？"

当警员把白纸钉在屏风上时，梅瑞狄斯把扶手椅的位置标记下来。屏风被小心翼翼地推入就位，在纸上标记好箭的位置，然后是屏风的位置，最后用粉笔在拼花地板上做好记号。扶手椅和坐在上面的悲剧主角被推到房间中间。原本一直好奇看着这一系列古怪操作的纽瓦克，再次走近死者。

"嗯，箭头现在可以拔了吗？我可以……"

"等等！等等！"朗又打断道。"别这么着急，先生。我们得先……"

纽瓦克微笑道。"哦，我知道，督察——那些宝贵的指纹。"他从箱子里掏出一副薄薄的橡胶手套。

"有人反对我戴着手套只碰到一点点箭尾吗？没有？很好。好了——完成。"

纽瓦克完成了这项可怕的任务，然后把箭交给站在一旁摊开一张报纸随时准备接手的梅瑞狄斯。警官们围成一圈仔细检查这支箭。

"和另一支箭差不多,不是吗?"朗一副内行人的样子。"箭头是同样的玩意儿。制造商的名字被小心抹去了。还有……等,尚克斯,把灯关上可以吗?"朗突然有个想法,补充说道。随后,房间陷入一片漆黑:"好吧,这里有点不一样了。这次箭杆上没有涂那种让人毛骨悚然的油漆。是没打算晚上动手吗,长官?"

"看起来是这样,"梅瑞狄斯说道。"但如果医生离开这里时,房间的灯不是亮着的,那这一箭射起来就相当困难了。我出门的时候天已经相当暗了,而且下雨让能见度更低了。检查一下指纹怎么样,朗?"

当朗戴上手套,准备用放大镜和粉末制备提取指纹时,纽瓦克又进一步检查尸体去了。

他抬头说道:"和科顿比起来,他的四肢要僵硬得多。我现在有点怀疑他是否像我想得那样瞬间死亡了。可能和头骨的厚度有关。头骨的脆弱点可能略有不同。请注意,他还有时间举起左手去抓他外套的领子。毫无疑问,这是无意识的反应,但这很可能说明在被箭击中和他实际死亡之间有一秒之差。"纽瓦克和蔼地笑了笑。"但别担心,梅瑞狄斯——我不会在死因审理时提出这个'好'观点的。死因显而易见。我们的验尸官朋友只想知道这个。好了——如果没有别的需要我的地方——我想回去继续打我的桥牌。你们打电话过来的时候,我差点就要小满贯了。

晚安。"

法医离开后，尚克斯打完电话回来。

"钥匙几分钟后到，长官。"

"好的。运气如何，朗？"

"到目前为止，"朗停下他手上的精细操作，抬头说道，"箭杆表面好像和婴儿的屁股一样光滑。你还能有什么指望呢？当然，这是例行公事，但十有八九都是该死的浪费时间！"

"摄影师呢？"

"哦，我没叫他，"朗承认，"但如果……"

"不用了。没什么必要。这两个案子太像了，我们已经收集好了一半的数据。"梅瑞狄斯转向尚克斯。"你可能要去看看守着空房子的两位先生有没有什么收获。告诉他们我会马上带着钥匙过去。然后去1号房，收集一下布恩小姐的证词。例行公事——问一下过去半小时她在哪里？有注意到广场上有什么人吗？我们稍后可能要去拜访她一下。"

尚克斯离开之后，督察从他检查指纹的操作中抬起头来，倒竖了一个大拇指。

"一场空。我们的朋友一如既往的小心谨慎。"他深有感触地说道："你能感觉到，他真的动了脑筋。一切都安排得井井有条。我得承认，这是我遇到过最厉害的对手。

现在要怎么办,长官?"

"让我们把尸体从这个房间弄出去吧。我想和甘尼特夫人谈谈,但如果要向她问话,尸体总是会让她这类型的女人分心。看看她是不是在外面,借一张床单,找一下哪间是她主人的卧室。"

几分钟后,朗带着床单回来了,两个人抬着尸体穿过走廊,最后把尸体放到床上。梅瑞狄斯抓起一条毛巾,回到书房,小心翼翼地清理掉扶手椅上的血迹,把毛巾扔进废纸篓里,然后才把管家叫了进来。她显然快要晕过去了,督察让她喝了点白兰地,让她在长沙发上坐下,用靠垫撑着她,她的脸上才逐渐有了点颜色。

"感觉好点了吗,甘尼特夫人?"梅瑞狄斯一边安抚地拍拍她的肩膀,一边问道。"我们知道你肯定受到了很大的惊吓——但我们需要你帮忙回答几个问题。医生今晚和你主人一起用的晚餐,对吗?"

"是的,长官,"甘尼特夫人沙哑着嗓音低声回答道。"他大约是7点钟过来的。晚餐在7:30,和平时一样。用完餐后,他和主人一起上来这里抽烟,但他在餐桌上提过不能留太晚的话。"

"是什么?"

"好像是要写一篇论文什么的——不知道这到底是什么意思。"

"他们什么时候离开餐桌,上来这里的?"

"大概是8:25的样子,我开始清理餐桌的时候,厨房钟敲响了半点的钟声。"

"医生是什么时候离开的呢?"

"大概是10分钟过后。"

"他走之前你见过他吗?"

"是的,长官。他下来叫我给主人送一杯水上去。"

"这正常吗?"

"哦,是的,长官。主人一直在吃胃药,一天三次,饭后服用。可怜的主人,胃一直不太好。无论我煮什么,好像都不太合他的脾胃。"

"但可以肯定的是,甘尼特夫人,如果你的主人有吃药的习惯,那么你不应该提前在书房准备好水吗?"

"这也是奇怪的地方。我以为我已经送过水了。但医生叫住我的时候,真的吓了我一跳。我一般没有那么健忘的。"

"那么医生离开之后,你是立刻把水送上去的吗?"

"是的,长官。"

"你进去的时候,书房的灯是开着的吗?"

"不是的,长官,灯没开。但当时房间里还有一点日光,我以为是主人不想开灯,就走过去把水放在他的吸烟桌上了。"

"然后你发现了?"

甘尼特夫人打了个冷战,用手捂住脸,好像这样就能把脑海中的画面关掉一样。

"然后我注意到他头上插着那个可怕的东西。我尖叫了起来,但他没有反应。我吓坏了。我还记得发生在上尉身上的事。"

"你碰过尸体吗?"

"哦,不,长官——我不敢。我不敢去碰他。但我知道他肯定已经死了。"

"那么,之后你就冲出去找医生了吗?"

"是的,长官。"

"你进来的时候,窗户是打开的吗?"

"那边的窗户一直是开着的,"甘尼特夫人强调道,"不管天气好不好。只有天气非常冷的时候才会关上。那是主人的一个爱好——说是有利于他的健康。"

"跟我说说,甘尼特夫人,你的主人有吃药前抽烟的习惯吗?"

"不,我想没有,长官。大多数时候,吃完饭他会直接上来这里吃药,然后才会点燃他的雪茄。"

"你注意到他今天晚上手上有拿着一支没点燃的雪茄吗?"

"没有,长官——我没注意到。"

"好的,甘尼特夫人——今天就到此为止了,多谢。我想你现在最好躺下休息一会儿。你有别的地方可以过夜吗?"

"我有一个已婚的妹妹住在蒙特路。我可以去她家。"

"很好。我们还需要你再待一会儿,以防我们需要什么东西。稍后警员会帮你拿行李,送你到蒙特路。"

"谢谢,长官。如果您不介意的话,我想先去打包一些东西。这样可以让我不一直想着主人,您明白我的意思吧?"

甘尼特夫人离开后,梅瑞狄斯推开他的笔记本,转向朗:"我想最好让你的朋友布赖恩特,那位射箭专家来一趟。让他带上他的弓和箭一起来。我们得确保这支箭是从空房子里射出来的。现在我们已经确定好方向,我觉得水平角度上可能有一些偏差——我是说,跟击中科顿的那一箭相比。"

"好吧。他的电话号码有登入电话簿。我现在打给他。"

"然后过来空房子找我吧。我想门口那个应该是格雷格的信使。"

外面依然下着倾盆大雨,梅瑞狄斯匆匆穿过广场,发现他的两位助手依然焦急地站着岗,只是浑身都湿透了。牧师看到他兴奋地关上伞,完全忘记再打开。但他们完全没有东西可以汇报。房子里完全没有任何动静。他们没有听到任何可疑的声音。在感谢完他们的合作,并提醒稍后可能需要他们提供证词之后,梅瑞狄斯让他们离开了。正当他要用钥匙打开耶鲁锁时,尚克斯走上台阶来到他身后。

"她在家吗?"

"在!我万分艰难地提取出一份证词来。但恐怕没什么可说的。她没有看到也没有听到什么不寻常的动静。她一整晚都在家填纵横字谜。"

"好的,尚克斯——我们先不管布恩小姐。我想看看这里。有手电筒吗?"

尚克斯拧开一个袖珍手电筒,然后两个人一丝不苟地检查完整栋房子。狂风猛烈地敲打着窗玻璃,让玻璃在窗框上一直嘎吱作响。完全不可能从一直流淌着雨水的湿玻璃上看清楚广场。梅瑞狄斯自然更关注二楼的客厅,寻找着因为下雨的关系应该更好辨认的脚印。但他没发现任何可疑之处。他突然意识到另一个无法解释的细节。如果箭是从这栋房子里射出去的,那么必然有一扇窗户是打开过的。风是朝着房子的正面刮的。那么,该死的为什么找不到一块被打湿的地板呢?每层楼的每个房间地板都干燥极了。梅瑞狄斯试着打开了一扇窗户,地板瞬间被浸透。没有脚印。没有窗户被打开过。那么那支箭肯定不是从空房子里射出去的?

回到布勒的书房,他发现布赖恩特已经带着他的弓到了，显然很高兴因为这样一件耸人听闻的案件被召来。当梅瑞狄斯走进房间的时候，他已经单膝跪地，与画在白纸上的铅笔线平行瞄准箭头。

"怎么样，布赖恩特——你怎么看？很抱歉在这种天气把你拖出门，但我们需要你的专业判断。"

布赖恩特没有转头，眼睛依然盯着他的瞄准点，果断说道："我很确定一件事情。射中布勒的箭不是从空房子里出来的。"

"你确定？"梅瑞狄斯厉声问道。

"就这个特殊测试而言，我非常肯定。如果松开手上这支箭，就我看来，这支箭应该会穿过1号房二楼的某扇窗户。"

"布恩小姐家？"梅瑞狄斯惊讶地叫道。

"什么，她！"朗跟着叫道。"不能是她干的吧？她有什么动机吗？"

"嗯，除非布勒被射中后在椅子上挪动过身体，不然箭肯定就是从她家射出来的。"布赖恩特站起身，反驳道。"但我自然不知道她为什么想要杀他。"

"也许布勒真的移动过，"朗提议道，"记得纽瓦克说过他僵硬的四肢吗？他觉得好像不是瞬间死亡，不是吗？"

"但是，"梅瑞狄斯补充道，"从我在空房子里的调查来看，我觉得箭不可能是从那里射出来的。看来布恩小姐必须回答几个问题了。这确实很古怪。"

布赖恩特一离开,梅瑞狄斯和朗就开始着手记录菲茨杰拉德和马修斯的证词。前者的不在场证明与他在6月13日提出的不在场证明没有什么不同。他和他妻子一晚上都在家,他在看书,她在做缝纫。他承认,因为女仆不和他们住在一起,所有没有别的独立证人可以为他作证。马修斯去公共图书馆找一本参考书了。他承认图书馆是8点关的门,可他过了8:40才到的广场,但正如他随后指出的那样,有一个很简单的原因。他在报刊室里消磨了20分钟,那里9点才关门。没有——在转向广场尽头的时候——他没有遇到任何可疑的人。

"这两个人的信息就这么多了,"离开牧师家后,梅瑞狄斯说道。"现在轮到布恩小姐了。这之后,我们再重新调查普拉特。"

在他们朝1号房走去的时候,朗说道:

"就布勒的谋杀案来看,有一个人可以坐得很安稳了。如果说谁有不在场的铁证——那一定就是他了。"

"谁?"

"小韦德。我们怀疑他和另一起案子有关。虽然我们知道就这起案子来说,他有一个完美的动机。但这不可能是他干的,不是吗?尚克斯把他从莱克汉普顿路接了过来,8:30的时候把他扔在了警察局里。他现在还在局里呢。可不是滴水不漏嘛！"

他们踏上1号房的台阶，朗稍稍后退了一点，好像在为即将到来的怒火做准备。布恩小姐和她的3条狗来应的门，但很难区别出他们的吼叫声有什么不同。她明确表态，既然他们必须进来那就抓紧，把门关上长话短说。一坐进她凌乱的客厅，她就完全忽略了朗，她的态度很明显：如果必须应付官方的人，那她更愿意和警司打交道。

"警员已经告诉过你发生了什么事，"梅瑞狄斯开场道。"还是那个问题，布恩小姐，你能告诉我们任何可能有用的线索吗？"

"没有，"布恩小姐厉声说道。"我已经跟那小子说过了。我说了什么他都记下来了。我没什么可补充的。"

"我听说你一直在玩纵横字谜？"

"是的——《爱狗族周刊》上的字谜。"

"我能看看吗？"梅瑞狄斯伸出手，瞥了一眼报纸。"你什么时候开始解谜的？"

"多么荒谬的问题。我没有具体时间概念！"

"8点左右吗？"

"8点之前。"

"你一晚上都在解这份字谜吗？"

"直到你们警察上门——是的。"

尚克斯懊悔不已，耳朵后面都有点发红。可恶！——

漏掉这点确实不应该。

"我之所以这么问,"梅瑞狄斯继续静静地问道,"是因为你有45分钟时间,却只填了两个词。我注意到每个谜题都是狗的品种。如果有人能解开这个纵横字谜,那肯定是布恩小姐你了。挺奇怪你居然会被这个字谜难倒。"

"我……我……不经常玩这个,"布恩小姐支支吾吾地说着,显然对梅瑞狄斯的洞察力感到不安。

"比如说这个,"梅瑞狄斯继续缓缓地说道。"'打加拿大的一座岛。'你肯定立刻就能想到答案。虽然我不觉得自己很擅长地理,布恩小姐,但我觉得这个答案还是挺显而易见的。"

"是吗?"

"是的——有一种狗的品种叫纽芬兰,不是吗?还有这个,'打一大型斯堪的纳维亚人'——三个字。我很惊讶你居然不知道,布恩小姐。为什么呢,就连这里的督察都……"

"大丹狗①,"朗立刻接道。"真简单!还有吗?"

布恩小姐瞪了他一眼。

"但我不明白这有……"

"听着,"梅瑞狄斯厉声说道,声音突然冷硬起来。"根据我们的调查,杀死布勒的箭是从你家方向射出来的。"

---

① 大丹狗(Great Dane),英文直译是丹麦巨人,丹麦是斯堪的纳维亚国家。

"从这里？胡说八道！"

"此外，你似乎无法提供一个让人满意的不在场证明。45分钟就填出两个词——以你的聪明才智？你觉得我们会相信吗？"

"这就是事实，"布恩小姐愤怒地吼道。

"而且，"警司继续说道，"我恰好记得，不久前我来拜访你时，你把布勒先生称作'没人性的怪物'。为什么呢？你与布勒有什么不和呢？你为什么不喜欢他？"

"这和你有关系吗？"

"也许有。"

"如果我拒绝回答呢？"

梅瑞狄斯微笑道。"如果是这样的话，我们也只能自己下判断了，不是吗？"

"好吧——如果你们必须知道的话。一年前，布勒故意杀了我的一只西班牙猎犬。他发誓说是我的狗先攻击他的。它没有。如果不是他先故意挑衅我的狗去攻击他的话。他用棍子打断了它的背。从此之后，我再也没有跟他说过话，也没搭理过他。"

"我明白了。我们能看看你的房子吗？因为布勒似乎是被从这里射出来的箭杀死的，你得明白凶手有可能趁你不注意偷溜了进来？"

"这是唯一可能的解释，不是吗？"布恩小姐冷冰冰地说着。"好吧。进卧室之前都擦一下你们的靴子。我觉得这一切简直毫无道理。您旁敲侧击的话完全就是侮辱。"

他们有条不紊地从地下室开始,一路往上检查完房子里的每一个房间。梅瑞狄斯再次寻找起明显被打湿的地板痕迹。但再次一无所获。地毯上没有脚印。没有什么明显的痕迹。他们一路爬到阁楼,到了顶部楼梯时,梅瑞狄斯突然停了下来。他脚下是一摊水迹。抬头看时,雨水溅到了他的脸上。

"天哪!"他叫道,"天窗!是开着的。为什么?"

"你不会是觉得布勒是被人从屋顶上射箭杀死的吧?被布恩小姐吗?"

"没错——或者是其他人射的箭也不一定。这里,推我一把。我要上去看看。"

上到被雨水打湿的屋顶后,梅瑞狄斯带着一个袖珍手电筒开始仔细检查地面。他一直检查到空房子的天窗,但这扇窗户是关着的。然后是马修斯家一扇相似的天窗——也是关着的。另一边是菲茨杰拉德家的尖顶,有一扇他用来监视科顿的小窗。一个新想法闪过他的脑海。第一桩谋杀案。假设是布恩小姐干的呢?有没有可能她是从自己家上到屋顶,然后通过天窗进到韦斯特家的呢?这样就不需要用到钥匙了。她可以毫不费力地藏起她的弓——一个让梅瑞狄斯非常烦恼的问题。她说科顿被谋杀的那晚,她出去遛狗了。为了证明这一说法,她声称在维多利亚路看到韦德开车。这真的是实话吗?还是如韦德所说,在打了一针吗啡后,他在四月屋睡熟了呢?棚顶上的划痕、花丛边上的脚印可能都无关紧要。到目前为止,他们还没有时间就这个问题盘问韦德。假设他能提供一个完全合理的解释——那这个案子根据事实本身判断,不是对布恩小姐更不利吗?当然,那晚她没打算杀科顿。她以为那是布勒。他们已经接受认错人的可能性了。但谋杀的动机呢——因为她被恶意打杀的西班牙猎犬吗——这有可能吗?也许对一个一心一意心里只有狗的古怪女人来说,这件事足以激起她做出这样的恶行。但这只是很有"可能"而已。肯定还有什么别的原因——被布恩小姐隐瞒着的别的更有说服力的动机。但再想一下——真的是她吗?她被评价为是一个水平一般的射手。如果真的是她做的,那她一定偷偷练习过。但在哪里呢?练习需要很大的空间,而且考虑到她的情况,还需要绝对的隐秘性。

"天哪!"梅瑞狄斯想着,"那只羊!"

难道她一直在荒无人烟的山上练习,不小心射中了那只羊?

第十三章

疑似与可能的嫌疑人们

不管怎样,梅瑞狄斯意识到今晚继续盘问布恩小姐是不会有任何收获的。她的怒火已经濒近爆发,继续追问很可能会起反作用,让她以后不再开口了。但他还是随意地问起天窗为什么没关上,得到的回复正如他预期的那样。因为天气炎热才把天窗打开的,下雨的时候布恩小姐忘记关上了。简单而不容置疑。梅瑞狄斯不得不接受她的解释。

在去巴尼特家记录普拉特的证词时,梅瑞狄斯说道:"今晚我们还剩下韦德和韦斯特这两个人需要考虑。希望你派去乔治街的警员已经顺利悄悄把韦斯特带到警局了。"

随后,尚克斯在两位上级的见证下,记录下如下来自医生的证词。

布勒先生经常邀请我一起吃饭。这次他请我是因为着急想知道他外甥的健康状况。我大概7点到的他家，晚餐是7:30开始的。我们在餐桌边待了将近1个小时。然后我和他一起上到他的书房，因为我吃完饭就得离开，就不得不为抛下他这件事向他表示了歉意。我在写一篇关于花粉热的原因和治疗措施的论文。在书房里，布勒递给我一支雪茄，他自己也拿了一支。我提醒他记得服用治疗消化不良的药，他说甘尼特夫人没有像平时那样给他准备好一杯水。他让我在走的时候嘱咐她送杯水上来。我又跟他聊了几分钟，然后就走了。我在书房里待了大概10分钟。我让甘尼特夫人把水送上去后，就回9号房了。我离开的时候，布勒就坐在靠近窗户的扶手椅上，按照他的习惯，窗户是敞开的。警司按响我家门铃，告诉我布勒被杀的时候，我才刚把帽子和外套脱掉。

一起喝了杯酒后，梅瑞狄斯让尚克斯去接甘尼特夫人，把她送到蒙特路，而他和朗则跳上警车，朝警局驶去。在破败的门廊下，一位警员正站在台阶上焦急地等着他们。

"怎么样？"朗问。"他悄悄地来了吗？"

"是的——在里面，长官。他一开始有点慌张，但我跟他说了，如果和他没关系，澄清自己就好了之后，他就愿意来了。我想他准备好跟你们说话了。"

"还有别的事要汇报吗?"

"是的,长官。当我在他的住处外等着的时候,有个男孩来送便条。我自然问了是送给谁的。他说是'韦斯特先生',一位女士给了他一先令让他来送信。那小子好像是在摄政广场遇到那位女士的。他说是一位大嗓门大块头的女士。"

"我猜她脚边肯定跟了一只狗,"朗朝梅瑞狄斯眨眨眼,打断道。"这里肯定有问题,不是吗,长官?至少可疑。那小伙子是几点到的?"

"9:50,长官。"

"韦斯特几点出现的呢?"

"大概是5分钟之后。"

"好的——那就这样吧,蒂姆斯。如果没有别的要汇报的了,就回家吧。"当他们沿走廊往督察办公室走去时,朗补充道:"我想我们应该先找韦德聊。毕竟我们从8:30开始就一直把他扣在这里。"

梅瑞狄斯也同意应该先叫韦德进来,因此派值班警长去把安置在审问间的韦德带过来。他带着一贯轻松漫不经心的样子走了进来。

"好吧,好吧——我还以为要在这里过夜了呢。"然后注意到梅瑞狄斯:"哦,喂,老伙计——你也耗到这会儿了?真是糟糕的一晚啊,不是吗?"

"你可以猜猜我们找你来是干吗的,韦德先生?"

"我想最好是能速战速决,在你们把我关在那个该死的地牢里那么久之后。老实说,老伙计,我感觉自己像个罪犯一样,不知道这么说会不会让你们觉得开心一点。好吧,让我们直接说重点吧,我已经做好最坏的打算了。开审吧,警长!"

"和6月13日晚上有关,"梅瑞狄斯解释道。"普拉特医生给你注射吗啡那晚。我们有理由相信,当天晚上晚些时候,有人看到你开车驶过维多利亚路。"

"天啊——这个问题好。我从来没听过这种事。不,说真的,老伙计,你们对这事儿的看法真的太不可思议了。你们有见过人打完吗啡还能开车的吗?多稀奇啊,不是吗?事实上,我没喝醉都开不了车,更别提眉毛尖儿上都是吗啡的情况了。要么是有人看到我的双胞胎了,要么就是在说胡话。就这样,老伙计。"

"所以你肯定那不是你,对吗?"

"相当肯定,老伙计。"

"我明白了。那么你曾经下去过四月屋你卧室窗户外的棚顶上吗?"

"棚顶?为什么啊?当然没有。当你成年了有自己的钥匙的时候,爬屋顶也太浪费精力了。房东老太太虽然有地方很吝啬,但租房还是免费赠送一把大门钥匙的。"

"你确定从来没上过棚顶吗?"

"确定,老伙计?怎么说,我当然……"韦德停顿了一下,睁大了眼睛一脸惊讶佩服地看着梅瑞狄斯。"天哪——太聪明了。真是纯熟的侦查技巧。你是怎么发现我的犯罪痕迹的?但你说对了。有天晚上,我确实上过屋顶。我把钥匙落在另一套西服里了,又因为回来太晚不敢打扰暴躁的房东太太。"然后笑眯眯地说道,"事实上,老伙计,我那晚喝得酩酊大醉。遇见一个好久不见的熟人,和他一起回了他旅馆。肯定是在夜深人静的时候才回到莱克汉普顿的。所以我偷溜到房子后面,爬上棚屋顶,从窗户溜回房间。像个小偷一样。聪明吧?"

"好,除了一个小问题,"梅瑞狄斯淡淡笑着说。"我们在棚子下面狭长花坛上发现的脚印是背对着墙面的。你不会跟我说你是故意反着爬墙的吧?"

"说得好,老伙计。非常好。任何一个没经验的罪犯都会像只温顺羔羊一样掉进你的陷阱里。但我们这种硬骨头——仔细听好,对照一下事实。你会发现其实没啥区别。我确实从屋顶跳下来过。为什么呢?因为我不用刀子就没办法打开窗户。我有刀吗?不——我没有,但我知道房东老太太在棚子里放了一把专门偷割别人好皮靴的刀。所以我怎么做了呢?我赶紧跳了下来,去拿那把刀。就这样,老伙计。"

"我明白了，"梅瑞狄斯不动声色地说道。"你怎么处理这把刀的呢？"

"塞进我的口袋里，老伙计，第二天早上趁房东老太太不注意的时候再放回去。"

梅瑞狄斯点点头，然后提高了音量，用更严肃的声音说道。

"恐怕我们要告诉你一些很不愉快的消息，韦德先生。"

"我知道了——你们要因为我把法国便士塞进老虎机里逮捕我。好吧。我认罪。"

"和你舅舅有关，"梅瑞狄斯完全不为对方的轻浮行为所动。"我很抱歉，这是最糟糕的那种消息。今晚8:30我们发现布勒先生被箭射杀。"

安东尼·韦德头一次卸下了他故作轻松的面具。

"特迪舅舅被箭射杀？但，天哪，谁会想杀他那样一个体面无害的老人家呢？你的意思是这不是意外，对吗？"梅瑞狄斯点点头。"谋杀吗？可怜的老特迪舅舅……被谋杀！这不可能。"他又轻声补充道："幸亏我当时在警察局里。不然，你们肯定会把我视作头号犯罪嫌疑人。我是说，因为我是遗产继承人，通常那都是最有力的谋杀动机，不是吗？可怜的老伙计。他有他的缺点，但我一直都挺喜欢这个老家伙的。这真是吓了我一跳。糟糕透了！"

"你知道你舅舅在广场上有什么敌人吗?"

"这问题真老套,不是吗?"韦德露出一个空洞的笑容。"事实上,他在广场上并不是特别受欢迎。他不幸在与布恩小姐的一只杂种狗的搏斗中获胜。从那以后,她就再不理睬他了。马修斯不喜欢他,是因为他不去教堂,也不捐款。我不是很清楚他和搬走的那个家伙的关系——韦斯特,对吗?我只知道只要对话中出现那个人的名字,我舅舅就会迅速改变话题。普拉特似乎是唯一一个和老伙计关系还不错的人,但我估计那多半是出于他的职业原因。但我觉得即使他在广场上最大的敌人也没有足够的理由需要除掉他。真糟糕的事啊,不是吗?那么,你们有什么头绪吗?"

"目前没有,"梅瑞狄斯回答。"当然,我们会与你保持联系。你是最近的亲属吗?"

"是的——没错。我想我最好联系一下舅舅的律师约翰尼他们,把事情安排妥当。如果你们不打算继续严刑逼供的话,我想我今晚就会给他们打电话,以免为时已晚,理应立刻通知他们的。"

"没了——就这样了,谢谢,韦德先生。抱歉让你在这里等了这么久。但现在你已经知道原因……"

"我没事的,老伙计。只是很抱歉浪费了你们那么多时间,结果我也不是罪犯。也许下次我能帮上更多忙。"

加油。"

韦德一离开，刚刚一直在桌边记笔记的朗就抬起头，用钢笔挠了挠他的多层下巴，严肃地说道："你知道吗，我越看这个年轻人，越弄不明白他到底是不是清白的。他说得天花乱坠，让人难辨真假。太滑头了——他就是这样的人，长官。像人常说的那样，油嘴滑舌。我还是觉得他在科顿遇害的那晚从窗户溜出去过。"

"我也是，"梅瑞狄斯淡定地同意道，"但我弄不懂为什么。现在把韦斯特叫进来怎么样。"他转向刚刚把韦德送走的警员，请他把下一位证人带进来。

韦斯特踌躇地走进房间。他既不是紧张也不是自信满满的样子，只是有些困惑茫然。和朗一个月前盘问他时的样子相比，他像变了个人似的。他完全自暴自弃了，就个人外表而言完全看不出他以前是摄政广场圈子的人。韦斯特显然正处于相当穷困潦倒的阶段。

梅瑞狄斯没有多客套，直接解释了一下当晚发生的事情，并委婉指出在这种情况下，证人一般都愿意配合警方的传唤。

"比如，韦斯特先生——你应该理解我们需要知道今天8:30谋杀发生时您的动向。"

"哦，理解，当然理解。"韦斯特一边回道，一遍暗自观察着四周。"8:30——让我想一想——8:30的时候我在哪里呢？应该是在高街某个地方——在闲逛商店。"

"你是几点离开乔治街的？"

"6点钟后不久。我确信埃米特夫人能证实这一点。"

"好的。然后你去哪里了呢？"

"去散步了。我一路走出小镇，快走到了查尔顿金斯。我没有着急回来，而是绕路从老浴场路回到高街的。"

"据接你的警员所说，你9点才在乔治街出现。那么8:30～9:00之间你在做什么呢？"

"哦，就是在闲逛商店。我一路逛到步行大道，然后从圆厅和蒙彼利埃排屋那边回乔治街的。"

"有遇到熟人吗？"

"没有。"

梅瑞狄斯换了一个切入角度，突然抛出一个让人措手不及的问题。

"那张纸条——能告诉我们是谁给你的吗，韦斯特先生？"

"纸条——什么纸条？"这一无所知的反应显然装过头了，梅瑞狄斯想着。

"最好不要这么做，先生。明智一点，如果您明白我的意思的话。您到家前5分钟，有个男孩送过来一张纸条。"

"哦，那个啊，"韦斯特勉强地笑笑。"没错，是我太健忘了——我到家的时候，确实有给我的纸条，是布恩小姐递给我的。"

"我能问问写了什么吗？"

"是她想给我介绍的一份工作。"

"是嘛。为什么不寄信呢？"

"我想她是觉得我越早申请，成功的机会越大吧。"

"是哪家公司呢？"

"哪家公司……这个，我真的……"韦斯特开始结结巴巴，可怜极了。他在那里站了好一会儿，瞪大了眼睛看着警司，显然不知该怎么回答。"您看，"他虚弱地喃喃道，"有一些保密信息……"

"听着，先生，"梅瑞狄斯厉声喝道，"我们在调查一起谋杀案。您最好能彻底认识到这一点。在需要您提供必要解释的时候，我们不必尊重任何隐私。"他伸出手，带着势在必行的气势。"我能看一下那张纸条吗？"

"我……我已经把它销毁了，不好意思，"他脱口而出，绝望地想要说服对方。"你看，我不得不……"

"别开玩笑了，韦斯特先生。您打开纸条的时候警员在场，他看到你把纸条塞进口袋里的。那位警员一路护送你过来，到了之后警长又一直陪着你——我们知道那张纸条现在就在你口袋里。不是吗？"

"我不能给你看，"韦斯特突然固执起来。

"换言之，布恩小姐写给你的纸条与介绍工作无关，而是一些——嗯，该怎么说呢—也许是一些更骇人听闻的东西？"

"你是什么意思？"

"我的意思是，那张纸条上的内容与谋杀案有关。布恩小姐在警告你。为什么呢？因为你知道一些至关重要的事情。韦斯特先生！醒醒吧——说实话是唯一能帮你从现在这个尴尬局面解脱的方式。"

"但我能说什么呢？我对那起谋杀案一无所知。要不是你刚刚告诉我，我甚至都不知道布勒死了。"

"那么你就是在包庇布恩小姐。"

"我……我……"韦斯特痛苦地挣扎着。

"我没说错，"梅瑞狄斯轻快地打断道。"好吧，你隐瞒证据也不会帮到她。如果真的是她做的，我们也能证明是她做的，那么你将作为从犯被逮捕。你知道那是什么意思吧？你这样做是得不偿失的，先生，相信我。现在说说那张纸条吧？"

挫败地叹了口气，韦斯特表示认输，把手伸进口袋里，把纸条掏了出来。

"在这里——你们自己看吧。"

督察探过他肩头一起看着纸条，梅瑞狄斯把这条简短的信息念了出来：

不要和警察说你来过我这里。我已经想好说辞。

凯特·布恩

"所以你之前的证词毫无用处，"梅瑞狄斯念完纸条，平静地说道。"现在，换一下怎么样，你来告诉我们真相，韦斯特先生。"

"好吧——我会的。我想这是唯一明智的做法。事实上，今天6点离开乔治街之后，我直接去找了布恩小姐。我完全不想提及这次拜访的原因，但我想我别无选择。简单地说——我真是一分钱都没有了。我没有工作。没有人可以求助。但我想起了布恩小姐，她过去对我一直很友善。我想着自己能否放下自尊，去跟她借一点钱。她很善良，愿意帮助我——不仅是在金钱上，而且是真的对我目前让人难以忍受的处境感到同情。她确实提到过要帮我找份工作。我是在8:30前离开她家的，然后正如之前说过的那样，我一路逛着商店，大约在半小时后回到乔治街。你可以想象我收到这张便条时有多吃惊。我不明白她送这张便条的原因。现在也没搞明白。我想不出来有什么理由。"

"除非……"梅瑞狄斯轻轻挑了挑眉。

"没错，"韦斯特压低声音说道。"当我来到这里，你告诉我布勒的事后，我脑中闪过一个可怕的想法。一个非常邪恶可怕的想法——但在这种情况下，我还能有什么别的想法呢。梅瑞狄斯先生，你能告诉我她为什么要给我送这张纸条吗？"

"我们和你一样摸不到头绪，先生——对吗，朗？"

"摸索中，"朗做了一个悲伤的鬼脸，同意道。"但女人做事一向很奇怪，她可能更让人摸不着头脑。"

"所以你能发誓你绝对是直接从广场回乔治街的吗？"梅瑞狄斯问。

"是的——只不过我是从圆厅绕路回去的。"

"多谢，韦斯特先生。我很高兴你选择告诉我们这张纸条的真相。我能理解你的心情。而且我想你的坦诚帮我们拨开了一点迷雾。还有问题吗，督察？没有？好的，韦斯特先生。祝您晚安。"

"正如我之前说的那样，现在就只剩下我们俩在摸索中了，"朗等到只剩他们两人时才喃喃说道。"我觉得我们还不如列一串嫌疑人的名单，放进帽子里抽签好了！如果让我说我的倾向的话——好吧，就你我之间，我得说我怀疑那个老女人。注意，一提到她我就自带偏见。我不喜欢她，她也不喜欢我。怪不得她会送这样的便条，不是吗？"

"哦，确实是她送的，而且她送的原因可能非常简单，"梅瑞狄斯回道。"但该死的我们今晚没办法去问这个原因。到目前为止，我们能做的都做了，朗。明天早上9

点来8号房碰头怎么样?"

尽管梅瑞狄斯回到广场时已经很晚了,但他还是没有直接上床睡觉。他在房间里静坐了很长时间,苦思着这两起谋杀案的方方面面。就目前看来,两起案子都不缺嫌疑人。麻烦的是嫌疑人太多了。有很多证据,有不少有用的线索,更有许多证词自相矛盾的地方——然而当把收集到的这些数据当作一个整体审视的时候,事实和事实之间似乎毫无关联。为了厘清思路,梅瑞狄斯像往常一样把调查中发现的要点写下来。作为工作的基础,他把嫌疑人名单列了出来,并加上他收集到的动向细节等,完整笔记如下:

科顿谋杀案

疑似的嫌疑人

① 韦斯特。有动机。与妻子感情破裂。箭是从空房子里射出来的,他有空房子的钥匙。无法提供可靠的不在场证明。是个不错甚至有时发挥极好的射手。

② 菲茨杰拉德。有动机。科顿一直在敲诈他,因为菲茨杰拉德夫人一直以为自己与科顿结过婚。没有可靠的不在场证明。可以通过4号房的楼梯小窗上屋顶,并可能通过天窗进入空房子。

可能的嫌疑人

① 布恩小姐。无已知动机,但可以通过她家的天窗和韦斯特的天窗进入空房子。自述在遛狗,但无佐证。说她看见韦德开车。韦德否认当晚离开过四月屋。

② 普拉特。无已知动机。是个好射手。除非与韦德合谋,否则不在场证明合理。他真的给韦德注射了一针吗啡吗?

③ 韦德。无已知动机。无证据表明会射箭。但有证据表明,谋杀案当晚他可能离开过四月屋。(布恩小姐的证词和棚屋下的脚印。)如果与普拉特合谋,很可能没有打过吗啡。

不可能的嫌疑人

① 马修斯。不在场证明确凿。

布勒谋杀案

疑似的嫌疑人

① 韦斯特。无已知动机。但可能在拜访完布恩小姐后,再从空房子和1号房的天窗回到布恩小姐家。无法提供可靠的不在场证明。从圆厅绕路回乔治街很可能是假证词。

② 布恩小姐。有某种动机（狗）。箭似乎是从她家窗户射出的。给韦德的便条很可疑。谋杀发生时（显然是）独自在家。

可能的嫌疑人

① 马修斯。无已知动机。但谋杀发生后，出现在1号房附近。去过公共图书馆（报刊室），却无人可以证实。可以通过他家的天窗和1号房的天窗出入布恩小姐家。

② 菲茨杰拉德。无已知动机。可以通过与科顿谋杀案中推测出的相同路线进入1号房。无可靠的不在场证明。

不可能的嫌疑人

① 普拉特。因为他刚离开布勒家。不可能及时就位去射箭。且无动机。

② 韦德。动机最强。但不在场证明最确凿。谋杀发生时在警局。

其他可能性

科顿和布勒是被广场之外的人谋杀的。

"疑似与可能，"梅瑞狄斯看着名单。"哎——听着跟橄榄球选拔赛似的。但从中能有什么收获呢？该死的！动机越强的人，不在场证明越确凿。如果他们的不在场证明这么稳固，那么他们就应该没有犯罪动机！我怎么越看越觉得环环相扣，互相抵消了呢。该死的！"

他想着，在细读完这份名单之后，能否从中收集到至少一个有启发性的点呢？他再次更加仔细地研究起来。突然，一个想法闪现出来。韦斯特同时上榜两份可疑名单！只有他一个人出现在两次谋杀案中。杀害科顿和杀害布勒的凶手可能是同一个人？毕竟谋杀手段不太寻常——不太可能在短时间内重复出现。杀人犯确实喜欢互相模仿作案手法——一个案子很可能会引发一连串的模仿作案。但这两起案子里的犯罪手法是需要专业技术的。凶手不仅仅是要会射箭，而且是需要专业级别的射箭技巧——得是一个非常厉害的射手。韦斯特有这个能力。而且，两起案子中的箭头除了一个没有发光漆，其他特征都是一致的——同样去掉了制造商的印记，相同的自制倒钩箭头。另外，韦斯特为什么要谋杀布勒呢？如果是布勒先被谋杀掉的，那么还可以考虑是不是有认错人的可能性。能在接下来几天的调查中找到动机会不会太奢望了呢？如果真能找到动机，这动机能支撑他们逮捕韦斯特吗？梅瑞狄斯一遍又一遍地在脑中过着收集到的事实，最后说服自己，如果真能找到这第二个动机，那么到时的局面对韦斯特来说将非常不乐观。

第十四章

7号房的慌乱

第二天早上9点过不久,梅瑞狄斯和朗再次来到极度不配合、非常愤怒的布恩小姐面前。警司老练地看出她好像异常激动,并且明显一夜无眠的样子。因为希望能把她吓住,让她老实交代,他们一坐进客厅,梅瑞狄斯就抛出一个问题。

"为什么要送那张便条?这是我们今天再来的原因。"

"便条?"

"给韦斯特的。"

"我给他送过便条?"

"是的,"梅瑞狄斯厉声说道,迅速从口袋掏出便条。"这个。"

她看着便条,点点头,看样子好像想把便条撕碎一样。梅瑞狄斯迅速把便条抢回来,面带歉意地笑了笑。

"抱歉——但你知道的,我们不能让证据被销毁了。好了,布恩小姐——我们在等你的答复。"

布恩小姐恶狠狠地盯着他。

"我以为你能立刻就找到原因呢。非常简单不是嘛。也许是我高估了你的智商。"

"简单点,"梅瑞狄斯友好地表示同意。

"我送这张便条是为了阿瑟。"

"阿瑟?"

"是的——就是韦斯特。我想你应该知道昨晚他在哪里吧?"

"这里,"梅瑞狄斯立刻回答道。

"没错。因为私人原因来的,明白吗?好吧,阿瑟8:30前离开我家。然后9点钟你们的人过来说布勒被射杀了。我知道你们已经怀疑是韦斯特杀的科顿。我得说,这种猜疑是完全没道理的。我知道你们会再找他麻烦。如果他走回家的路上没人看到没人能给他作证,我猜他肯定会陷入非常糟糕的局面。因此,我没想太多就给他送了那张纸条。我的想法是,如果我们能隐瞒住这次拜访,他就可以说他没有离开过房间。我承认是我太傻了。但那时候我完全没想那么多。你们的人一走,我就匆匆写了那张纸条,然后溜到广场上,找了个小子给他塞了点钱,让他帮我把这张纸条送到乔治街。就这样。"

"你明白你这样会误导警方对韦斯特先生的看法吗？"

"当然。但我怎么知道你们会发现那张纸条呢。我猜是被你们截获了？"

"不完全是。韦斯特先生收下并看到了你的消息。直到我们盘问他的时候，他才坦白了真相。你试图帮助他的举动只会让他陷入更窘迫的境地。你意识到这一点了吗？"

"我已经承认自己的举动很愚蠢了，"布恩小姐吼道，"你们够了吗？"

"但为什么你会觉得韦斯特想杀布勒呢？"梅瑞狄斯打断道，利落地转换了话题。

"天哪，"布恩小姐大叫道，"大家都知道……"她突然停了下来，意识到说漏嘴了，犹豫了一下，乖乖地结束话茬，"我什么时候说过他想啦？就我所知他……"

梅瑞狄斯突然站起身，走到壁炉边。他不想再亲切友好下去。他的所有注意力都集中在从布恩小姐身上获取这一至关重要但她显然并不愿坦白的信息上。一旦确认韦斯特有动机，那么对他的指控将更有力。两起案子疑似嫌疑人名单中的唯一共同点！必须让她开口。

"听着，布恩小姐，我必须坦白跟你说，向警方隐瞒证据是刑事犯罪。你知道韦斯特有杀人动机。你刚刚已经说漏嘴了。你说大家都知道——好吧，我们还不知道。所以你最好现在指点指点我们。你不说，别人也会说的。"

"但那只是道听途说，"布恩小姐抗议道，但因为自己做的蠢事而不得不克制，"你知道流言蜚语是怎么回事。"

"流言蜚语中常有真相的萌芽，"警司指出道。

"好吧。但记住我不知道实情。我只是听说。你们应当知道阿瑟在一次糟糕的股票交易中赔光了钱吧？不知道？好吧，他确实赔了钱。几个月前我听说——从谁那里听说的不重要——布勒要为他的交易失败负责。"

"你是说布勒从韦斯特的损失中获益了——是这个意思吗？"

"是的。我不是很清楚他怎么搞的鬼。我只听说是他干的。我都不知道告诉我的人是怎么知道的。不管怎么说，韦斯特知道这件事。他昨天这么跟我说的。也许现在你们能更理解我的愚蠢行为——为什么会送那张便条？"

梅瑞狄斯点点头。

"韦斯特知道这件事有多久了？"

"至少好几周了吧——也许更久。"

"你拒绝透露是谁告诉你这个消息的吗？"

"绝对不会说的。"

"好的，布恩小姐。我们也不能勉强你。"

问询就此结束，两人在奥尔德斯·巴尼特的书房里来回讨论着案情。犯罪作家早餐后直接去了克利夫山打高尔夫球。

"你知道吗，"朗先开口，嘟囔了一声，把自己深深地埋进一把扶手椅里，"我不禁觉得那个女人是有预谋地在耍花招。我是说，所有这些事情，那张便条啊，和她迫切想帮忙的欲望。我都觉得很可疑。这么看，我真的觉得她是故意想把韦斯特弄到一个不尴不尬的境地。她送了那张纸条，让我们怀疑他的动向——明白吗？还有她说漏嘴那一下我看着也很刻意。她想让我们知道韦斯特有杀人动机。"

"换句话说，朗——你觉得是她做的吗？"

"是的，"朗意味深长地强调道。

"毕竟，韦斯特要怎么行凶呢？首先是弓的问题。他要怎么带着一把弓穿过那么多条街？ 8:30他离开布恩小姐家后又怎么回去的？他为什么不从空房子瞄准射箭？毕竟他有钥匙。明白我的意思吗？如果他是凶手的话，这些感觉都说不通。"

"但是，布恩小姐不嫌麻烦地隐瞒了韦斯特来访的事。这看上去足够真诚了。"

"艺术修饰而已，"朗慢慢眨了眨眼解释道，"粉饰一下她的谎言，好方便我们上钩。"

"尽管如此，"梅瑞狄斯反驳道，"对于布恩小姐是凶手的这个猜测，我也能找到很多不合理的地方。首先，她没有真正的动机。我个人并不觉得那只狗的死有足够的说服力。科顿是被从空房子方向射出的箭射死的。布恩小姐明明可以从她自己家的窗户动手,为什么要费力气闯入韦斯特的房子呢?"

"这很容易解释,"朗说,"正如我之前说过的那样,她这么做是为了嫁祸给韦斯特。要是发现她对那个可怜人有什么强烈的憎恨,我可一点都不会惊讶。"

"那为什么她这次没有从空房子射箭呢?"

"关于这个,我也有一个想法,长官。假设第一次谋杀案里的箭真的是她放的,那么她一定是从天窗进入空房子的。嗯,昨天晚上不是下雨了嘛。所以她可能没办法不湿脚地穿过屋顶,钻进空房子后肯定会留下无数脚印。"

"她可以穿套鞋啊,"梅瑞狄斯反驳道,"进天窗前把套鞋脱掉就好。不,老实说,朗,我觉得布恩小姐值得怀疑的地方要比韦斯特少。不管是哪种情况,我们都要面对一个貌似被你忽略了的非常古怪且令人费解的事实。"

"什么,我!"朗难以置信地叫道。

"即使老到如你,"梅瑞狄斯笑着说,"射箭时因为打开窗户而被打湿的地板在哪里呢?"

"没有被打湿的地板。我们找过了。"

"没错。但为什么没有呢?"

"为什么没有?为什么……因为……因为……"朗猛

地停了下来,盯着梅瑞狄斯,挠着头,呼哧呼哧地说,"哎哟!这太有意思了。我完全没想到。你知道为什么没有被打湿的地板吗,长官?"

"我不知道,朗。但肯定只有一个合理的解释。"

"是什么?"

"那支箭既不是从布恩小姐家也不是从空房子射出来的。换句话说,因为受害人身体移动了些许,我们的计算出了错。这就导致了另一个可能性——到目前为止,我只能看到这一个——箭是从马修斯家的某扇窗户射出来的。"

"或者是从广场上射出来的,"朗纠正道。

梅瑞狄斯摇摇头。

"不可能。没有什么身体动作可以抵消从地面往上射出的箭的仰角。另外,在广场上基本看不到椅背后布勒伸出来的头。"

"但天哪,不可能是老马修斯做的吧。他可是牧师啊!而且,他和布勒没有什么不对付的地方吧,不是吗?"

"到目前为止,我们还一无所知。但布恩小姐和韦斯特似乎也都没有动机,所以这不是争论的基础。希望我们能了解更多韦斯特股票交易失败的事。"

"听着,"朗突然灵光一闪的样子,"从隔壁的老太婆们入手怎么样?她们像是那种喜欢八卦的人——你知道的,籽香蛋糕配八卦那种。去她们家看看,盘问盘问她们怎么样?肯定会造成一阵慌乱,但我敢说和其他所有人相比,我们更可能从她们嘴里问到真相。"

"好吧,督察。戴上你的帽子,我们现在就过去。"

看到两个人从前门小路上走过来,瓦特姐妹心中一阵颤动,不只是颤动,几乎算得上是惊慌失措了。过去几天,她们一直盼望着这次访问,一遍又一遍在脑海中幻想着:从警方不期而至的到访,充满戏剧性的对峙,对警方狡猾提问的不当答复,到最后被怀疑被逮捕的可怕时刻。她们当然是无辜的。但她们能及时让警察意识到这一点吗?要是被广场上的人看到她们戴着手铐被护送到警局去的样子该有多可怕啊。然后是——哦,多么恐怖的想法——在错误被纠正前不得不在牢里度过一个晚上。牢里可能有老鼠,大老鼠,还有随之而来的耻辱!她们再也不可能忘记那种耻辱,回到以前的体面生活。

"你确定来的是警察吗,南希,"惊慌的埃米琳小姐从她妹妹的肩头望向二楼窗户外,"你真的确定吗?"

"当然,"南希小姐回答道,颤抖着手指松开窗帘。"高个子的那个是住在隔壁的警司,胖的那个是督察。"

埃米琳小姐偷偷扫了一眼房间,即使在最慌乱的时刻,她也要确保房间里一切井井有条。

"现在听着,"她匆忙继续道,"我们必须平静下来,必须表现得不慌不忙的样子。而且我们不能说太多。我在哪里读到过,警察总是会怀疑那些话说太多的人。所以记住了,南希。"

"我们能坐着吗?"

"当然是坐着的。"

"你觉得我们应该上茶和蛋糕吗?现在已经快10:30了。"

"当然不可以!"埃米琳小姐崩溃道,"他们可能会觉得这是贿赂,南希。"她又惊人地追加了一句,"甚至是贪污腐败。现在马上下去,让他们进来。我们不能让他们等太久。把他们带过来这里,记得让他们擦擦脚,可以吗?"

埃米琳小姐灵巧地重新整理了一下花瓶里的一两朵花,抚平垫子上的凹痕,拉直花边椅罩。当她从这些小事中抬起头时,她妹妹已经回到房间,两个没戴帽子的男人恭敬地站在她身后。在她幻想的视野中,房间里似乎满是男人。

梅瑞狄斯向前一步,看着面前古板、态度相当蔑视的人。

"请容我自我介绍一下。我是梅瑞狄斯警司。我想我们在广场上见过。瓦特小姐,对吗?"

"我是埃米琳·瓦特——这是我的妹妹,南希。"

"这是市警局的朗督察。"

朗像舞台上的公爵一样鞠了个躬,而瓦特姐妹则并排坐在了沙发上。

"我们想问几个问题,"梅瑞狄斯接着说道,一边的朗动作夸张地掏出笔记本。

瓦特姐妹迅速对视了一眼,几不可察地点点头表示同意,然后浑身僵硬,仿佛在等待一场早有预期的磨难。

"和布勒先生的死亡有一些间接联系。"

她们微微颤抖了一下。

"但我们什么都不知道,"埃米琳小姐语气郑重地答复,"恐怕我们只会浪费你们的时间。"

梅瑞狄斯微笑着向她保证:"在谋杀案调查中,当我们需要收集信息的时候,不会有被浪费的时间的。"

那微笑是否有些邪恶?有些阴险?南希小姐思索着。他看上去很和蔼,而且礼貌地摘掉了帽子。但我们不能被这个误导了。那个小胖子似乎一直在奇怪地看着我们。

哦,天哪——真是一对老姑娘,朗想着。就像我妈妈那边的那些老姨妈一样。僵化了——就是这个词!可怜的老姑娘们像在孵蛋一样一动不动的。看起来就像她们杀了布勒一样那么内疚。

他伸手掩住被这个想法逗笑的不礼貌举动。他都能想象到她们在窗边弯弓搭箭瞄准布勒的样子!哎哟!

"因为你们在广场上住了好多年，"梅瑞狄斯说着，"我想你们应该比较了解你们的邻居们。比如说，韦斯特先生。你们觉得他和布勒先生相处得好吗？"

埃米琳小姐一副困惑不解的样子。她觉得这是一个非常微妙的把戏。毕竟没有理由要把可怜的韦斯特先生拖下水。她必须要小心谨慎——时刻戒备着。

"我说不太好。恐怕广场上大多数人都不太理解布勒先生。"

"这其中包括韦斯特先生吗？"

"又是韦斯特先生！也许吧，"埃米琳小姐说。

"你有听说过，比如说，是布勒先生让韦斯特先生损失所有钱这样的话吗？"

埃米琳小姐突然一惊。警察是怎么知道这个消息的？难道是亲爱的马修斯先生……她还能清楚回忆起布勒先生说胡话那晚，还有不久前的另一个晚上，她和南希无意中偷听到的另一场谈话。她该交代这些事情吗？毕竟，这些事情不可能和已经发生的可怕罪行有关的。被妻子抛弃的可怜的韦斯特先生不可能是凶手的。不可能。然后，她听到梅瑞狄斯坚定的声音重复了一遍这个问题，她突然醒悟过来韦斯特先生是有理由的，一个非常好的理由去做这样可怕的事。如果一个人有非常好的杀人理由，也许，警察会选择宽恕他？那个报纸上常用的词语是什么来着？正当什么来着——啊,对了,正当杀人①。也许如果她把她知道的所有关于可怜的布勒先生和韦斯特先生的事告诉这位先生,这位看起来相当稳重有礼的人,也许他可能会就此罢手,不再采取任何行动。她现在很肯定警察没有怀疑她或南希和犯罪有关。

"我是听过一些——没错,"她承认,"我确信韦斯特先生有理由不喜欢布勒先生。"

朗和梅瑞狄斯竖起耳朵,迅速交换了一个胜利的眼神。南希侧头盯着她姐姐,显然很迷惑。埃米琳肯定是掉进了话说太多的语言陷阱中了?她推了推她姐姐,但被对方猛推回来,而且还对她摇了摇头。

"事实上,"埃米琳小姐稍微放大了一些嗓门继续说道,好像在向她妹妹表明她很清楚自己在做什么,"事实上,我是广场上第一个知道布勒先生的诡计的人。"

"您能解释一下吗?"梅瑞狄斯礼貌地问道。

"哦,你不能这么做!"南希叫道。"这是背信弃义。"

"胡说八道,"埃米琳小姐厉声喝道,"请让我做我想做的事情。人自然是不想说死者坏话的,但我相信我有责任直言,以免可怜的韦斯特先生遭受任何不法迫害。这一切都发生在几个月前,当时布勒先生得了流感。您还记得圣诞节后突然流感大暴发吗?给布勒先生看病的普拉特医

---

① 正当杀人,如自卫,在一些国家中不构成犯罪。

生，有一天晚上因为找不到专业护士，请我临时照看病人一晚。我当然非常乐意帮忙，特别是因为布勒先生似乎一直高烧不退。晚些时候，他变得神志不清。我当时不明白。起初以为他觉得自己在被公牛追赶。他一直不停地在说公牛。然后是熊。又是熊又是牛的。坐在那个昏暗的房间里听他讲话真是吓人。然后突然之间，我听到他提起韦斯特先生的名字。然后他开始大笑。那可真不是什么善意的笑。他好像在嘲笑可怜的韦斯特先生，粗野极了。他说了一些'骗傻瓜钱'之类的话，又提到什么水泥股。渐渐地我开始明白他在说什么了——他通过某种阴谋诡计，从韦斯特先生那里骗取了一大笔钱。我还记得他提到过的一些别的词语，因为这些词语太特殊了——至少对我来说很特殊。他说道'迫使股价下降'——然后是'让他低价清仓，然后等股价上涨'。他好像非常确定股票价格会上涨。他一直在说'几周之后价格会翻两番'。我自然很担心这件事，但因为不知道该怎么办，就去找马修斯先生征求意见。他好像知道布勒先生是怎么在股市搞鬼的，并很确信韦斯特先生受到了非常严重的欺诈。好像布勒先生还建议韦斯特先生把卖水泥股的钱投资到一些后来证明毫无价值的东西上。马修斯先生提到了什么'水桶店[①]'，但我不是很明白他的意思。"

[①] 原书用词 bucket shop，直译为水桶店，实际上是指投机商号，投机交易所。

"那他建议你怎么做呢?"梅瑞狄斯问道,深深地被埃米琳的证词震撼到。

"哦,不要跟任何人说这件事。从那天起到今天为止,我和我妹妹谁都没透露过。我们很困惑,事实上是非常困惑,韦斯特先生是怎么知道这件事的。"

"你怎么知道他知道这件事了呢?他告诉你的吗?"

埃米琳小姐听到这个问题似乎有些慌乱。她意识到自己必须提供一个解释,但为时已晚。她妹妹可怜地瞥了她一眼。埃米琳真是会犯傻!

"不——他没有直接告诉我。我……我是间接知道的。"

"怎么知道的?"

埃米琳小姐有些脸红。

"是我们无意中听到的,对吗,南希?"

"是吗?"南希小姐反问道,显然无动于衷。

"真的,我不知道你会怎么看我,"埃米琳小姐接着说,"我没有偷听的习惯。只是不幸凑巧了。但这是布勒先生不幸去世前几天发生的事。让我想一想——那是上周的星期四——如果你们还记得的话,那是阳光明媚的一天。我和妹妹坐在阳台上——是的,没错,透过那扇窗户就能看到。我在给教堂的义卖市场做点缝纫,南希在看书。布勒先生的房子紧挨着我们家,而且他总坐在书房里——应该说,他生前总坐在书房里,窗户敞开着,所以我们总能听到那间房里的对话。那天晚上,韦斯特先生在茶歇时间后不久去拜访了6号房。我们看到他穿过广场,然后出乎意料地走进了布勒先生的大门。后来,我们听到布勒先生书房里传来声音,起初只是普通的礼貌问候,然后不久,吓了我们一跳,我们听到一阵激烈的争吵声。我们试图不做理会,但那声音实在太大,断断续续总能听到一些对话——不是吗,南希?"

"因为我当时在专心看书,所以只听到了一点点声音,"南希小姐说着,暗示她姐姐听到了更多内容。

埃米琳小姐继续道:"我听到韦斯特先生非常生气地说:'你的把戏我都听说了——别管是谁说的——重点是你打算怎么办?'布勒先生笑了——和我在他神志不清时听到的笑声一模一样。非常令人不悦的笑声。'什么都不干,'他说。'我打算什么都不干,等着你来起诉我。'他说这话的时候声音非常粗俗——相当扬扬得意的样子,好像在为可怜的韦斯特先生陷入困境而幸灾乐祸。'我警告你,'韦斯特先生大喊——没错,就是大喊——'我警告你,布勒,我跟你没完。你毁了我!'然后,布勒先生——我本以为是位绅士的布勒先生——说了一句非常不恰当的话。我没办法重复他的话。他们的对话太令人不安了,所以我让南希去屋里帮我拿眼镜。他们又激烈地争吵了几句，但在阳台远端的我没办法听清——当然，我也没有想要听清——我听到摔门的声音，然后韦斯特先生出现在楼下，迅速穿过广场离开了。"埃米琳小姐疲惫地叹了一口气，总结道，"这就是全部了。"

"非常感谢您，"梅瑞狄斯愉快地笑着说。"你觉得韦斯特先生是怎么知道诈骗这件事的呢？"

"听起来挺难以置信的，但我觉得肯定是马修斯告诉他的。对一位牧师来说非常不理智。我觉得他应该尊重我的信任。但是……"

"嗯，瓦特小姐，我必须恭维您证词的清晰度。您的记忆力非常卓越。"梅瑞狄斯笑了起来。"对我们来说是件好事！"

"我能告诉您一个秘密吗？"当督察站起身朝门边走去时，埃米琳小姐问道。"多亏了佩尔曼记忆训练法。一个非常棒的训练系统。不夸张地说，我能记下来祈祷书里的每一个字。"

"太了不起了！"梅瑞狄斯礼貌地惊呼道，一边朝门口走去。"感谢您提供的信息。日安。"

"日安，"瓦特姐妹异口同声地应和。

两人轻快地朝警局走去，一路上不断讨论着案情。梅瑞狄斯越来越倾向于觉得韦斯特就是凶手。他再次向朗指出所有已知的事实。两起谋杀案韦斯特现在都有动机——

而且动机都很强烈。科顿——因为和他妻子的暧昧关系。布勒——因为被诈骗。两起谋杀案他都无法提供有力的不在场证明。在第一起案件中，他声称在下午茶时间回去后就再也没有离开过乔治街。他的房东太太埃米特夫人是科顿被谋杀那晚最后见过他的人，她在8:45去收拾他的晚餐时见过他。谋杀发生在9:30左右。韦斯特有足够的时间从乔治街溜走，回到摄政广场，进入空房子，杀人行凶。在第二起案件中，他在8:30不久前离开布恩小姐家，（据警员的证词）于8:55抵达乔治街。梅瑞狄斯认为，如果韦斯特直接从广场回乔治街的话，他只需要15分钟也许更少的时间。朗也同意这一点。但他反而花了至少25分钟时间。韦斯特解释是因为他绕路去了步行大道、圆厅和蒙彼利埃花园。他没有着急回家，而是一路慢慢逛商店。但可惜一路上他没有停下来与谁聊过天，也没有目击者。因此至少可以说——两起案子他的不在场证明都很薄弱。除此之外，他还是一个不错甚至有时候发挥优秀的射手。但仍有两个明显无法解释的地方：（1）在第一起谋杀案中，他是怎么把弓箭一路运过去的呢？（2）布勒谋杀案中，为什么没有雨水顺着打开的窗户溅进屋里呢？1号房和2号房都被仔细搜查过，但不管哪里都没找到预期中的线索。另外，箭也可能是从屋顶射出来的。如果是这样的话，韦斯特离开布恩小姐家后，一定又潜入空房子，从天窗来到屋顶，然后在那里放箭射中布勒的。他们确实没在屋子里找到湿脚印，但梅瑞狄斯推敲过，韦斯特有可能是这么做的：一进前门就把靴子脱掉，只穿着袜子走到顶层楼梯平台。在从天窗爬到潮湿的屋顶上前，他可以脱掉袜子。从天窗回来之后，他又穿上袜子，不湿脚地走下楼梯，在去外面广场前再穿上靴子。他进空房子时是有一定概率被人看见的，因为当时天还没完全暗下去，但因为下雨大多数人都在家待着，所以相对而言还是比较安全的。他甚至可能是从屋后的小巷进出空房子的。然而，他不可能是从后门进来的，因为后门是从里面闩上的。马修斯几乎是在布勒被杀时进入广场的，但他没有撞见韦斯特，因此韦斯特很可能是从屋后的小巷离开的。梅瑞狄斯认为，到目前为止，一切顺利，但他还是觉得没有足够理由可以发起逮捕，督察也是这么想的。比如说，韦斯特的第二次不在场证明必须经过仔细检验。如果还有未了解清楚的地方，警方没有继续追查，最后逮错人那简直就是白费功夫。

"让我们想想，"当两个人转上高街时，梅瑞狄斯思索着。"如果他说的是真话，那么8:40左右他应该到了步行大道，对吗，朗？"朗表示赞同。"好的。你身上带着那张照片吗——斯廷斯偷拍到的那张韦斯特的照片？你带着呢？很好。现在我需要你搜索一下步行大道，看一下有没有人在布勒被杀那晚的8:40左右看到过韦斯特。当然，那时候大多数商店都关门了，但不是全部。而且还有很多人住在附近。虽然这是一个不太可能有结果的尝试，但也说不定有呢，督察。"

"好的，长官——那你呢？"

"我要去看看你的专家——让我想想，是叫布赖恩特对吗？我对藏弓的手段有个想法。"

幸运的是，当梅瑞狄斯到布赖恩特家时，他刚好回来吃午饭。和前次拜访一样，布赖恩特带他来到凉亭，以避免被人偷听。

"好吧，警司，还在查那个案子吗？这次又有什么麻烦？别说有第三起谋杀案！"

梅瑞狄斯摇摇头。

"不——我只是想找你验证一个想法。告诉我，布赖恩特先生，有没有用铰链连接的弓可以射箭的？"

"用铰链连接的弓！我的老天爷啊！我从来没听说过这样可怕的东西。你怎么会有这种想法？"

梅瑞狄斯解释说他很困惑凶手是怎么带着弓上街不被注意的。

"毕竟，一把1.8米长的弓肯定会引起一些议论。不管怎样，一个人带着弓上街并不那么常见。我们在本地报纸上登了一条启事，问有没有人在6月13日晚上看到有人带着弓上街的。我们没有收到任何答复。这不禁让我好奇有没有一种弓是可以按某种方式折叠的——比如说对半折叠。这样用纸包着就一点都不显眼了，不是吗？"

"但用铰链！"布赖恩特叫道，犹疑地摇摇头。"那会削弱弓承压的部分。但等一下，梅瑞狄斯先生——你说到这个话题后，我才想起来现在市场上有一个美国专利。就我看来，这是一件很可怕的事。一种钢制的弓，由托座把弓的两部分连在一起。也许凶手用的就是这种东西。"

"也许！"梅瑞狄斯高兴地叫道。"谋杀案可没有也许。我想你击中了要点。一把由托座连接的钢制弓。英国可以买到这种弓吗？"

"哦，当然——城里任何有名的体育店都有卖。艾尔、加米奇、哈罗德家。但我不觉得这里会有很多人用这种弓。整体而言，我们还是相当保守的。"

"那么，也许我能追踪到销售？"

"也许——除非是现金交易。那么你就只能依靠销售员对脸的记忆力了。"

"相信我，"梅瑞狄斯站起身，伸出手说道，"人们对面孔的记忆力远比我们想的要清晰。你可能提供了一个非常重要的线索——多谢。"

随后，梅瑞狄斯直接回到8号房和巴尼特用完午餐后，他给在总部的朗打了个电话。

"运气怎么样？"

朗兴奋的喘息声顺着电话线传了过来。

"是简直难以想象的好运气!谢天谢地在发起逮捕前,你还有直觉让我去跟进调查不在场证明。我们的理论说不通,长官。完全说不通——至少和韦斯特有关的部分。不是他干的!看不出来他怎么办得到——至少在我的发现之后。怎么回事呢?有人见过他吗?没有,长官——确实没人见过他。但他现在的不在场证明是确确实实地钉死了。你觉得是谁帮他搞清楚不在场证明的呢?是我。当然,纯粹是凑巧了,但这对他来说不重要,不是吗?如果你能马上回来,我能给你看一些东西——然后你可以自己判断。"

督察模糊不清的暗示让梅瑞狄斯又困惑又好奇,他沿着温奇科姆路大步前进,被这最新的挫折搞得疲惫不堪。如果朗的假设是对的,韦斯特不是凶手,那么他们又回到了原点。太让人困惑了!这些该死的没结果的调查——太多诱人的岔路让人不知不觉间掉入深坑。这个该死的案子!他受够了!

他发现朗坐在办公桌前,大咧着嘴,大圆脸上满是胜利的微笑。

"该死的!"梅瑞狄斯怒气冲冲地说道。"你知道你让我们的调查又告吹了嘛。该死的你怎么这么认真?"

朗眨了眨眼。"我们不能送错人上绞架吧,不是吗,长官?"

"不管怎样，他现在肯定不会被绞死了，"梅瑞狄斯礼貌地嘲讽道。"他本可能会被绞死的。好吧，到底是怎么回事？"

"看这个，"朗说着从桌上拿起一张巨大的照片递给梅瑞狄斯。"不错的艺术作品吧？"

"你从哪儿弄来的？"

"今天早上从《信使报》办公室借的。在他们的橱窗看到这张照片，突然很喜欢。认得这个主题吗？夜晚的海神喷泉。他们的一位摄影师带着一台最近很流行的那种可以在晚上拍照的相机出来，给报纸拍一个名叫《夜晚的切尔滕纳姆》的系列照片。因为喷泉最近安了泛光照明，他觉得会是个不错的拍摄对象。他就在那里——拍下了这个！"

"但这该死的和韦斯特有什么关系？"梅瑞狄斯生气地质问道。

"如果你凑近了仔细看，就能明白了。"

梅瑞狄斯盯着照片看了一会儿，"天哪，"他喊道。"韦斯特！绝对是他。右手边的角落里。"

朗点点头。

"当我在橱窗里看到这张照片时，也是这么想的。但我看到照片下面的标题和日期之后，我没有继续原本的任务。我急忙赶了进去，见到经理后，又立刻审问了一番拍照的那个小伙子。他倒不是不愿意开口。不能用脆弱这个词来……"

"我敢肯定不是这么回事，"梅瑞狄斯说着，眼睛闪闪发亮。"好吧——继续。"

"那张照片正好是上周一晚上8:40拍摄的。小伙子很确定这个时间，是因为他当时是看着手表定时拍的照，明白了吗？而且，他是在邮局设定好的时间。所以布勒被谋杀的那个晚上，我们的朋友韦斯特8:40正好在步行大道的海神喷泉边。如果那个时间他在喷泉边，那么他就不可能在摄政广场瞄准老布勒。而如果第二起谋杀案不是他做的，那么我不认为第一起谋杀案是他干的。如果他没有杀过任何人，那么就是我们找错方向了。如果我们真的一直是错的，现在的情况就真的很糟糕了，老头子不会有好话等着我们的，我一点都不奇怪。这就是现在全部的情况了，长官。"

第十五章

突袭查尔顿金斯

朗的悲观预言第二天一大早就成真了。梅瑞狄斯还没来得及吃完早餐，市警局总部就来了通电话，让他立刻过去。他和朗发现局长正在他相当昏暗老派的办公室里等着他们。他一开口梅瑞狄斯他们就知道风向不好了。

"我昨晚熬夜看完了你关于科顿和布勒谋杀案的最新调查报告，朗。老实说，不是很好看。我想你应该意识到离科顿被杀已经过去一个多月了吧？听着——我并不是在责怪你。我很清楚这个案子有多复杂棘手。比如说，被偷走的3000英镑和菲茨杰拉德的勒索案。但关键的一点是，我们承担不起留下两起未破获的谋杀案记录。上头已经在给我施压，让我把这整个案子转交给苏格兰场。只是因为你的名声，梅瑞狄斯，才让我能坚持把这个案子留下来。但是，今天早上我收到一封来自福里斯特少校的信，相当直白地暗示希望你尽快返回刘易斯。当然，你应该清楚你的假条是不可能无限延期的吧？"

"当然，长官。"

"现在我要直截了当地问你们一个问题——这两起案子中的任意一起有近期结案的可能吗？"

两人开口前都犹豫了一下，互相看了一眼好像在确定该怎么回答一样。最后，梅瑞斯微微耸了耸肩，开口道：

"老实说，就目前的情况来看希望不大。我们陷入了僵局。同意吗，朗？"

督察落寞地点了点头。

"虽然很受打击，但我不得不表示同意。现在韦斯特的嫌疑已经排除，我们真的陷入困境中了，长官。看看那串嫌疑人名单吧，您可以自己看看那串可能的嫌疑人名单。韦斯特、菲茨杰拉德、布恩小姐、普拉特、小韦德、那个牧师和7号房的两位老太太。我们都检查过了，但看起来好像没人能完成两起案子。请注意，我们还没来得及重新调整应对韦斯特的嫌疑被洗清这个新局面。公平起见，长官，我觉得您应该再给我和警司24小时商讨一下。我们也许能发现推论中的缺陷，对吗？"

"你也是这么想的吗，梅瑞狄斯？"

"是的，长官。"

"好吧，成交。如果明天早上这个时间你们还没有新发现,就得退出这个案子转交给苏格兰场。至少对你而言是这样,朗。至于梅瑞狄斯,恐怕你得先向福里斯特少校报道才行。除非有什么新发现,不然你最好做好明天就去刘易斯的准备。我很抱歉——但没办法。结果最重要!"

"当然,"谈话结束回到自己办公室的朗说道,"老头子还是很公平的。他已经很给我们面子和机会了,但没有任何结果完全是我们自己的错。现在,长官,你有什么想法就直说吧。我是完全糊里糊涂的。可以说是一塌糊涂!"

尽管局势紧迫,但梅瑞狄斯和督察一样毫无头绪。他已经尽了全力,但依然不明白哪里出了问题。他们漏掉了某些微小但至关重要的线索——一根极细小但能指向正确调查方向的指针。但他们忽略了什么呢?两个小时不停歇地仔细研究了每一份证词和报告,讨论分析过每一个可能的新理论,再三检查不在场证明,对最不可能的假设也不放过,只希望能找到一些启发。但都是徒劳。11点钟,他们离开克拉伦斯街去参加布勒的死因审理。他们到的时候,审理程序已经开始,但正如预料的那样,整个过程很简短,没有任何争议。科顿死亡案与其死因审理结果给本次裁定提供了完美指导。布勒是被某位或者某几位不明身份的人谋杀的。

验尸官没有补充发言。一切都已成定局。

当梅瑞狄斯1点钟离开去吃午饭时，情况完全没有好转。下午的讨论会也没有什么结果。6点钟，他们一致同意再继续讨论下去也无济于事。他们必须承认自己的失败，需要苏格兰场的插手。

但命运是出了名的任性无常，当晚发生的某些事情不仅让他们疲惫不堪的大脑重新振奋起来，而且为他们提供了一条全新的调查路线。这最后一秒钟扭转局面的人正是警员尚克斯。

那天早上一醒来，尚克斯就很激动。斯沃洛督察选中他加入当晚一组突击搜查的行动。在切尔滕纳姆这样一个体面规矩的温泉小镇上，警方的突击搜查行动对一名年轻警员来说，是一次意想不到的美差。而且这是尚克斯第一次参加突击搜查。他觉得自己已经做好准备一鸣惊人了。

引起警方注意的那栋房子就在查尔顿金斯比较安静的伦敦路旁。房子本身不是很大，一座独栋建筑，隐藏在树木繁茂的花园里面。这栋房子属于一位退休伦敦律师，他非常低调谨慎地来到切尔滕纳姆地区。但没过几个月，伦敦警察厅的长臂一伸指向了一位名叫哈罗德·肯顿的律师。当然不是直接的指控——那不是警察的办事方式。一份厚厚的档案落在了市警局的格架柜上。档案里有两张哈罗德·肯顿先生的照片，这位先生又名浪子杰维斯——一张正脸照，一张侧脸照。里面还有一套他的指纹——总共

18枚（因为警方很缜密）——左手的5枚指纹印，加右手的5枚指纹印，以及左右手同时提取的2组指纹印。档案里还有一份关于浪子杰维斯先生的详细描述，非常非常详细，不仅描述了他的外表体征，还提到了他过去的经历，最后也是最重要的一点，他的犯罪记录。档案中不止一次代称他为"浪子"或是"浪子杰维斯"。他的特别营生是经营一流赌馆。他特别喜欢轮盘赌。

穿着便衣的警方小队挤在低垂的金链树荫下。

"你们这些小伙子都知道自己要往哪走吧，"斯沃洛督察压低了嗓子说道，"一人守一扇一楼的窗户，不要管屋后的小窗。弗莱彻守一扇门，格林去后面，哈特利、戈达德、哈蒙德跟我走。切记千万不要发出声音。必须干净利落地完成这项任务。明白了吗？好的——出发。"

靠近房子时，这一小队人神奇地消失在黑暗中。在尚克斯看来，这栋房子好像没人住，因为没有一扇窗户透出光线来。他觉得今天可能不会很有趣了。尽管如此，他还是尽可能模仿童子军和印第安人的方式一路匍匐潜近这栋房子，然后在安排好的位置——一扇通往灌木丛的落地窗前就位。靠近窗户后，他才兴奋地意识到为什么没有灯光透出来——所有窗户都被结实的木百叶窗遮住了。他紧贴着墙壁，激动好奇地等待着，偷听着屋内的动静。

5分钟过去了，什么都没发生。他好像隐约能听到百叶窗后微弱的杂音，一种好像很多人同时在说话的混乱的嗡嗡声。然后突然之间，他绷紧了肌肉，他听到嗡嗡声膨胀成一阵骚动，骚动中不时传来零星的哭喊声和警笛的刺耳尖啸声。老斯沃洛进去了！这老家伙真厉害！好样的，斯沃洛。可惜他没有被选中当督察的保镖。那些能进屋的幸运家伙自然能玩得开心了。如果有人反抗，还能好好打一架。在外面就什么事都没有，除了……

尚克斯屏住呼吸。有人在敲打百叶窗。他准备好随时扑倒对方。

百叶窗被推开，在房间天花板悬挂的电灯映照下，尚克斯瞥见一个人影。天哪——那家伙想逃跑！再过一分钟那个人就要打开窗户跑出来了，然后就该轮到他一个飞跃，来个漂亮的阻截，然后利落地给他戴上手铐。阿哈！这才像话嘛。

然而一系列意想不到的事以迅雷不及掩耳之速打乱了尚克斯的精心安排。首先，那个人没有打开窗户。他只是简单抬起一只脚，猛地几脚踢碎了下面一扇窗格的玻璃。玻璃碎片嗖的一声飞了出来，尚克斯突然意识到右手腕一阵剧烈疼痛。这时房间里的灯突然灭掉了，整个场面突然陷入一片黑暗。但在这之前，尚克斯还受到了另一波冲击。当那个人俯身打算从他用靴子踢出来的大洞爬出来的时候，尚克斯认出了他。虽然看见对方的样子只有一瞬间,但他很确定自己没有认错人。他向前冲去,与很快直起身的人影扭打起来。他们激烈地扭打了好一会儿,那个人突然毫无预兆地抬起膝盖,重重地给尚克斯肚子来了一击。警员弯着腰喘不过气来,痛得站不住。他摸索着寻找被打飞的手电筒,但在他能把手电筒光对准漆黑夜晚灌木丛下的人影前,那个人已经不见了。尚克斯带着被严重划伤的手腕,上气不接下气地爬过破碎的窗户,虽然气得杀人的心都有了,但仍先去找了他的上级,汇报了他极不英勇的行为。从各个角度看,他都觉得丧气极了。

"让他跑了!"当一个警员找到开关,打开灯之后,斯沃洛督察叫道,"但我的老天爷啊,你知道他要出来的不是嘛!"

尚克斯解释了一遍事情经过,然后仿佛是为了让自己显得不是太失败,补充道:"但我认得那个人。我随时能在法庭上发誓指认他。"

"你认得他?他是谁?"

"普拉特医生。"

"普拉特?天哪,是住在摄政广场的那个家伙嘛。布勒的医生,对吗?我一直觉得他是个正派人。除非我们能证明他在这里,不然你的指证对我们一点好处都没有。如果他否认的话,那就是双方各执一词,难以分辨。我们必须找到佐证,这里的人肯定不会把他供出来的。他们很可能会抱团。"

"我有一个主意，长官，"尚克斯急忙说道，"为什么不打电话找梅瑞狄斯警司帮忙呢？他很可能在家，他现在就住在广场医生的隔壁。无论如何，他至少能让我们知道普拉特是什么时候回去的，长官。"

斯沃洛考虑了一下，然后点点头。

"行吧，尚克斯。找找看这里有没有电话能打过去。解释一下发生的事，看警司能不能帮忙发现点儿什么。我手头上现在有很多事情要处理。"他朝挤在房间角落里窘迫的一群人点头示意了一下。"不然我就自己找他说了。"

5分钟后，尚克斯接通了梅瑞狄斯，然后向后者详细描述了一遍突击检查的事。他保证自己尽力了。

梅瑞狄斯并没有在8号房的门口等太久。一辆汽车嗖的一声驶进广场，停在了医生家门口。梅瑞狄斯抽着烟，沿着小路慢慢走了过去，向刚下车的普拉特打了个招呼。

"晚上好，医生。我正好要找你。可以耽误你一分钟吗？"

"什么事？"普拉特不耐烦地问道，"重要吗？我现在有很多东西要写。"

"相当重要。"

"好吧。我给你10分钟。"

医生的书房门一关，梅瑞狄斯立刻卸下他随意的态度，严肃正式地说道：

"听着，普拉特医生，我刚刚收到一则电话留言。您是否承认今晚去过查尔顿金斯？"

"查尔顿金斯！您在胡说些什么？"

"我说的是一栋叫——"梅瑞狄斯查看了一下他的笔记本。"'丁香屋'，位于伦敦路的房子。屋主是一名退休律师，哈罗德·肯顿，别名浪子杰维斯。据我所知，您今晚去拜访过他。"

"肯顿？从来没听过这个名字。完全不知道你在说什么。"

"好的，"梅瑞狄斯平静地说道。"那我换一个方式问问题。您没有去过'丁香屋'——那么您去了哪里呢？"

"开着车转转。"

"有什么特别的原因吗？"

"我真的不明白……"普拉特一屁股坐下，生气地说道。

"我需要一个答案，这很重要，先生。"

普拉特犹豫了一下，然后草草地回答道："我的车子有问题，所以开出去测试了一下。"

"那你去了……"

"该死的！这简直太荒谬了！你到底想问什么？难道是我犯了什么罪吗？如果是的话，请直说，至少我还可以澄清一下。"

"我只想知道你开车去了哪里，"梅瑞狄斯完全不受对方的怒火所影响，继续说道，"你完全没必要担心什么，先生，如果你说的是真话。"

"真话！我当然说的是真话。我开车去了比夏克里夫，然后从主路回来的。这样你满意了吗？"

"所以今晚突击检查浪子房子时，从他家逃跑的那个人不是你？"

普拉特讽刺地笑了起来。

"您一定是疯了吧，梅瑞狄斯先生。我已经告诉你了……"

"那么打破了一扇落地窗窗格，和一个警员搏斗过的人肯定也不是你了？"

"这不是显而易见的事吗？我在比夏克里夫，怎么可能同时出现在查尔顿金斯呢，不是吗？"

梅瑞狄斯慢慢走到医生坐着的壁炉旁。

"从表面上看，我倾向于同意您的说法，普拉特医生。但是，"梅瑞狄斯突然指着医生的脚踝处说道，"您怎么解释这个呢？"

医生有点被吓了一跳，低头看着他的脚。

"解释什么？"他结结巴巴地问道，显然警司的举动让他很困惑。

"这个,"梅瑞狄斯静静弯下身,从医生右裤腿的卷边里捡起一个东西。他举起这个东西,对着灯慢慢转了转,一边密切地观察着医生的脸。

"玻璃!"普拉特叫道。

"没错。来自你今晚砸碎的丁香屋窗户上的一块长长的玻璃碎片。老实交代吧,先生——拿那个开车去比夏克里夫的故事糊弄我是没用的。我还可以告诉你,你被试图阻止你逃跑的警员认出来了。他的证词,再加上这个。"梅瑞狄斯再次举起那块狭长的三角形玻璃碎片,"我们就可以定你的罪了。我承认,能找到这块玻璃算我幸运,但它告诉我了所有我想知道的事情。现在愿意做供述了吗,先生?当然,我必须警告你,你所说的任何话都会被记录下来,并作为呈堂证供。怎么样,普拉特医生?"

一阵长长的沉默。医生颤抖着手指,掏出烟盒,点燃了一支烟。然后利落地把火柴扔进壁炉里。带着淡淡的微笑,他站起身,对着警司。

"好吧。你赢了,梅瑞狄斯。我猜一切都完了。你知道这件事如果上了法庭,我的职业生涯就完了。你们偏偏选了我去的晚上做突击检查。好吧,如果你方便用笔记本,我也不妨做个供述。我想从长远来看,这样做对我自己更好。准备好了吗?"

医生用单调清晰的声音交代了他去浪子杰维斯处的简

单事实,还有他企图逃跑和与警员搏斗的细节。梅瑞狄斯随后通读了一遍证词,医生动作夸张地签了个名。现在他知道了自己要面对什么,似乎无可奈何地选择了接受。拒绝了喝一杯的邀请,梅瑞狄斯满意地回到了8号房。

他发现尚克斯正等着他。斯沃洛督察派他来询问梅瑞狄斯盘问的结果。

"没问题的,尚克斯。他现在已经任由我们摆布了。"

"谢天谢地,长官。如果让他逃走了,事情就糟糕了。还好我认出了他。"

"今晚很热闹吧?"

"是的,不止如此呢。对了,督察还抓住了一个你的朋友,长官。"

"哦?"

"韦德,长官。"

"韦德!"梅瑞狄斯紧紧盯着尚克斯。"老天哪!你确定吗?"

"非常确定,长官。"

"好的,尚克斯。这是普拉特签过名的供述。如果督察想见我的话,告诉他明天一早我就会去警局。"

韦德!所以韦德也和这个赌场有干系?韦德和普拉特——他们两个都是。但普拉特不是否认过他和韦德有私交吗?韦德也发誓他只找普拉特看过病。所以他们两个都撒谎了。他们肯定撒谎了。浪子的赌博圈子很小很排外，两个成员不可能一起赌过钱却完全不认识。（也没有理由假设医生只去过这么一次。）他们撒谎肯定是有原因的。什么原因呢？假设这两个人与科顿和布勒的谋杀案有某种关系，这是否符合逻辑呢？如果他们是同谋的关系，那么普拉特肯定没有给韦德注射那针吗啡，所以布恩小姐的证词是真的。6月13日科顿被谋杀时，韦德开车经过了维多利亚路。但那是谁的车？以及他为什么会出现在那里？普拉特不可能及时赶到广场去杀人。他们开车来回四月屋的测试已经证实了这一点。他有留下来和布莱克夫人聊天。这是否意味着是韦德谋杀了科顿呢？

梅瑞狄斯重新检查了一遍收集到的信息。当普拉特在楼下和房东太太聊天的时候，韦德可以从卧室窗户溜出去。因此花坛边留下了脚印。他不知怎么搞到了一辆车，停在不知什么地方。他跳上车，一路开到摄政广场，把车停在拐角处，然后溜进空房子，但通过什么方式呢——梅瑞狄斯的思路陷入僵局。1号障碍物。韦德是怎么进入空房子的呢？好吧，这个问题可以稍后解决。继续厘清这条思路。韦德随后放箭杀了科顿，然后回到车上，开车离开，但在维多利亚路被布恩小姐看到了。韦德之所以选择这条路，很可能是为了避免穿过小镇时被人认出来。那么，2号障碍物，梅瑞狄斯想着。韦德会射箭吗？到目前为止，这一事实尚不明确。假设他不会——温奇科姆被杀的羊是怎么回事呢？有没有可能是韦德私下练习射箭的时候杀的羊呢？他是想杀科顿的吗？不——只是认错了人。他以为那个头上有斑秃、坐在他舅舅最喜欢的椅子上的人就是他舅舅。一个很自然的错误。那么他为什么想要干掉自己的舅舅呢？想到这里，梅瑞狄斯笑了。他的动机再强烈不过了。谢天谢地！浪子杰维斯的活动被警方暴露了！韦德也许欠了浪子钱。他深知自己舅舅奇特又顽固不化的金钱观，根本不敢找他借钱。而且他意识到如果浪子去找布勒说了他赌博的事，他舅舅肯定会把他从遗嘱中删掉。虽然开赌局是一件很危险的事，但浪子知道他的客户是不敢泄露赌局信息的，以免招致丑闻。就连布勒也不会向警方提供任何证据的，不然他外甥就要上法庭了。

梅瑞狄斯叹了口气。但天哪，第二起谋杀案韦德的手法是什么呢？他的不在场证明是绝对无懈可击的。布勒被箭射中的时候，他就坐在警局里。这是否意味着这其实是普拉特的手笔？但普拉特也做不到啊，因为他完全不可能及时赶到广场的另一头就位放箭！那么究竟是谁！谁！谁呢？

梅瑞狄斯竖起耳朵。他听到前厅那头传来电话铃声。巴尼特和朋友出去吃饭了。他应该自己去接电话给女佣省点事儿吗？他穿过前厅，走进书房，拿起听筒。让他惊讶的是，电话那头居然是朗。

"喂——你到底怎么回事？"

"你有过那种感觉吗？双手被铐住，双脚被绑上沙袋，然后沉入河底的那种感觉？你没有？好吧，我有！在这该死的糟糕的疯狂行为中。"

"什么意思？"

"意思就是，"朗以一种让人宽慰的欢快语调说道，"一会儿你想怎么骂我都行，长官。我从来没有这么受挫过，为了未来在警队的前途考虑，希望以后再也不要有这种情况了。在这该死的糟糕的……"

"你能说重点吗，朗？我可坚持不了一整晚。"

"抱歉，长官。我会的。现在听着。你还记得那支插入布勒脑袋的箭吗？你当然记得。我检查过指纹，对吧？这是当然的啦。有发现任何指纹吗？没有——什么都没发现。到目前为止都没问题。但那支箭，先生，有谋杀案中最重要的线索，但被我们漏掉啦！"

"漏掉——你到底想说什么？"

"听好了，"朗接着说，越来越兴奋得意，"你还记得布勒死那天晚上的天气怎么样吗？记得吗，长官？"

"记得，我当然记得，"梅瑞狄斯不耐烦地叫道，"下着瓢泼大雨。"

"你说对了，长官！没错，雨确实下得很大。而那支箭是从广场远处另一头射出来的,是穿过了大雨的一箭。那么当我检查指纹的时候,为什么箭杆上没有任何雨滴的痕迹呢?确实没有。我记得很清楚。而且也没有时间让雨滴蒸发干净。箭杆干燥极了。我可以发誓!那么,为什么不是湿的呢,长官?为什么呢?有什么想法吗?我很困惑。非常困惑!"

第十六章

演绎推理

"现在,"梅瑞狄斯拿着烟斗坐在扶手椅上自言自语道,"让我们看看能否弄明白这意味着什么。但有一件事很确定——局长必须推迟联络苏格兰场。这条线索改变了我们整个调查方向。让我们可以再次开始行动。"

他窝进椅子里,开始推理。所以显然箭不是从广场对面射出来的?因此,他对韦斯特和布恩小姐的怀疑是毫无根据的。1号房屋顶的天窗之所以是开着的,正如布恩小姐说的那样——是她在热天里打开,然后忘了关上。布恩小姐之所以给韦斯特送便条,也真的是因为她担心韦斯特会被怀疑。韦斯特也是因为同样的原因对便条的事撒了谎——他想要保护布恩小姐。这条线的调查就是这样了。他俩的犯罪嫌疑几乎为零。

如果箭不是从广场另一侧射出来的,那么它到底是从哪里来的呢？布勒家旁边的某个阳台吗？这肯定不可能吧？这个角度太小，射中的概率太偶然。另外，两边的阳台都不是封闭的，箭杆肯定也会被打湿的。那么只有一个可能了——箭是从布勒的书房射出来的。但这是怎么做到的呢？谁射的箭？什么时候射的箭？

普拉特在8点半左右离开的时候，布勒还没有死，然而当几分钟之后，当甘尼特夫人端着一杯水进入房间的时候，箭已经被射出来了。那么不管是谁射的箭，都必须抓住医生离开之后和管家进入书房前这一段有限的时间。梅瑞狄斯估计这间距最多不会超过2分钟。这进一步指出两个事实——凶手要么藏在隔壁房间，可以随时观察书房门的状态，要么就藏在书房里。随之而来的是另一个问题——凶手是怎么逃走的？肯定不是从楼梯下去的，因为他可能会遇到端水上来的甘尼特夫人。而且还有另一重风险——医生可能还在前厅穿外套，整理出门的东西之类的。不，梅瑞狄斯思索着，从凶手的角度看，这样实在太危险了。梅瑞狄斯至少还能想出两种解释——凶手是从阳台逃走的，或者溜进楼上某个房间藏了起来，直到判断没有危险之后才逃走的。他按顺序分析了其中的可能性。

阳台吗？风险似乎还是比较大的。有50多扇窗户是面向广场方向的——其中大部分都能看到布勒的阳台。广场开口的主路上还有来来往往的很多行人和车辆。此外，普拉特才刚刚离开,这是凶手必定意识到的一个事实,而普拉特很可能在进自己家门前回头看一眼布勒家,那么他必然一眼就能看到阳台上的人。不——从阳台逃走似乎是不太可能的。

那么楼上的房间呢?嗯,如果凶手选择这么做,那么他肯定不会在警察还在屋子里的时候尝试逃跑。谋杀发生那晚,最后离开6号房的人是甘尼特夫人和尚克斯。尚克斯被交代要护送老太太回家。他回忆起第二天警员的汇报。

"我得说老太太真的很尽责,长官。她检查完每个房间的窗户都是关上的之后才肯离开。我陪她走了一圈,帮忙把窗户锁上,因为显然她已经累坏了。一位非常棒的老太太——很有勇气。"

尚克斯没有注意到有其他人。这要怎么解释呢?嗯,凶手可能藏在柜子里,家具、窗帘或任何东西后面。他现在溜达到6号房,自己去看一看不是更明智吗?自从死因审理之后,其中一把钥匙就一直交给他保管着。不想浪费任何一分钟时间,梅瑞狄斯迅速穿上外套,然后走进广场。几分钟后,他开始对6号房进行彻底调查,房子的百叶窗都是拉上的。他先去看了阁楼的房间,然后惊讶地发现只有甘尼特夫人的房间有家具。但仔细想想也是合理的——这么大一栋房子,布勒不会所有房间都用的。他自己一个人生活，也没有什么娱乐活动。此外，管家的房间是顶楼唯一一个有内置壁橱的房间，甘尼特夫人打包行李的时候一定开过这个柜子。没有家具的其他房间则一目了然，没有办法为想要藏起来的人提供任何掩护。显然凶手不可能藏在阁楼上。

下一层楼有4间房——布勒的书房和卧室，一间客房和浴室。可以排除掉前两间房。尸体就放在布勒自己卧室的床上，门是被督察从外面锁上的。面向后花园的两扇窗户离地面有6米多高。浴室也没有可以藏身的地方。只剩下那间客房了。从凶手的角度看，这间房的布局更令人满意。一眼就能看到好几个可以躲藏的地方——巨大的红木衣柜、又长又厚的窗帘、一扇屏风和床。因此，如果凶手藏了起来，一直等到危险过去了再出来的话，只有这个房间可以了。

到目前为止，一切顺利。假设甘尼特夫人和尚克斯离开了——然后呢？凶手爬下楼梯，从后门或是一楼的窗户钻了出去。尚克斯在汇报的时候向他保证过，前门绝对是被牢牢锁住的。但——该死的！梅瑞狄斯思索着，如果凶手是从后门或是一楼窗户逃走的，那么后门的门闩或一楼某扇窗户的窗钩应该是松开的。他抓紧时间迅速检查了一遍地下室和一楼的窗户。没有结果。每扇窗户都是好好从里面固定住的，后门也是闩上的。那么凶手是怎么……

困惑的梅瑞狄斯上楼回到犯罪现场。试图重建那晚必然在这个房间里发生了的事。布勒坐在扶手椅上——就在那里。凶手躲了起来——躲在哪里呢？也许是窗帘后面，也许是房间远处角落里那把巨大的扶手椅后面。很好——普拉特离开。布勒拿起雪茄准备点燃。凶手悄悄从他的藏身处爬出来，箭已经架在弦上，在受害者身后就位，射箭。但他这么一套动作，布勒真的会毫无察觉吗？考虑到布勒椅子的位置、箭头进入的角度和与墙的距离，梅瑞狄斯对这一点不是很确定。从与布赖恩特的一次谈话中他得知，一箭要有效、准确"击中"，弓必须拉满。梅瑞狄斯在死者椅子后面站定就位，拉开一把想象中的弓箭，瞄准发射。他惊讶地发现，如果要避免手肘撞上身后的墙壁的话，箭尖离布勒的头只有几厘米远。但在凶手真的靠这么近之前，肯定会被布勒发现的吧？人类是有一种可以感知到物体逐渐靠近的本能的。布勒毫无察觉地坐在那里，也没有回头看才让人觉得难以置信。但如果他真的回头看了，那么箭头就不会射中他的后脑勺。唯一合理的解释很显而易见。布勒的头并不是正靠着椅背的，而是稍微转向了房间远处的角落——窗户旁边放着另一把大扶手椅的那个角落。凶手只需要突然跳出来，瞄准，射击，调整尸体的位置营造一种箭是从开着的窗户射进来的感觉。梅瑞狄斯越想越肯定这一点，不管凶手是怎么作案的，他肯定想暗示箭是从窗外射进来的。这可能是凶手选择一把1.8米长的弓这样笨重的武器的唯一原因。不然带消音器的自动手枪才是上选。布勒总是坐在敞开的窗户旁这一事实可能让凶手有了这个想法。没错——还有科顿被同样的方式谋杀的事实。所以，有没有可能这是一起模仿作案？两起谋杀案的凶手不是同一个人？这个理论也有一定的可行性。

那么第一起谋杀案的凶手是韦德吗？那晚的突击检查确定了一个无可置疑的事实——韦德和普拉特有私交。根据这个最新证据，他已经把韦德作为第一起谋杀案的凶手重建了整个犯罪过程。但因为第二起谋杀案发生的时候，韦德在警察局，所以凶手肯定另有其人。谁呢？梅瑞狄斯再一次浏览起他的疑似和可能的嫌疑人列表，但这一次是从完全不同的角度出发。

布勒案的疑似嫌疑人是韦斯特和布恩小姐。他们之所以被标记为疑似，是因为警方当时认为箭头是从1号房或2号房射出来的。他们的不在场证明与最近发现的事实相比站得住脚吗？以韦斯特为例。根据他自己和布恩小姐的陈述，他在8:30左右离开布恩小姐家。8:40他在步行大道的海神喷泉旁——这是无可争辩的事实。因为布勒肯定是在那个时间被射杀的，所以可以排除韦斯特的嫌疑。同理可以排除布恩小姐，因为韦斯特的拜访，她不可能同时藏在布勒的书房里。以上就是旧的疑似嫌疑人。

他列出的可能嫌疑人是马修斯和菲茨杰拉德。但就梅瑞狄斯现在看来，他们也不再有嫌疑了。他在布勒被杀的5分钟后看到了他们两人，并派他们看着空房子的出口。而他已经确信凶手不可能在杀人后直接从6号房逃走。

他的不可能嫌疑人名单里有韦德和普拉特。韦德的不在场证明依然没问题。只剩下普拉特了。

普拉特会是凶手吗？深深地把自己埋入书房的扶手椅里，梅瑞狄斯重新装满烟斗，郑重其事地点燃。一丝微光在他脑海深处亮起。普拉特。为什么不会是普拉特呢？普拉特是可以做到的—— 这点毫无疑问。如果真的是普拉特做的，那么布勒在他离开前就已经死了。普拉特下楼让甘尼特夫人送水的时候，布勒就已经死了。普拉特有没有可能用的就是布赖恩特提过的那种用钢做的弓呢——可以对折的美国专利弓。离开的时候，他可以把弓藏在大衣里，然后毫不费力地把弓偷偷带回自己家。但他是怎么把弓偷偷带进布勒家的呢？这要棘手许多。他到的时候，肯定要在前厅脱掉大衣。他有没有可能提前把弓藏在股票经纪人的书房里呢？他经常上门为布勒看病。他可能有办法办到。当然，甘尼特夫人会知道谋杀案那晚之前他有没有来过6号房。但天哪！他到底是怎么杀的人呢？作为主人的布勒肯定会时刻注意客人的动向，很可能会坚持请他喝酒，或是让他在扶手椅上坐下。普拉特肯定没机会把藏好的弓取出来,然后在布勒毫无察觉的情况下装好弓,搭好箭,瞄准射中布勒。这个假设真是棒极了!然而在所有可能的嫌疑人中,普拉特是最有机会杀死布勒的。

"该死的!"梅瑞狄斯想着,"不是这里有问题,就是那里有问题。我找到一个可以解释谋杀是怎么完成的理论,但却不能让凶手成功逃走。能让凶手轻松走出去的时候,我却想不通他是怎么杀人的。"

普拉特。普拉特?普拉特!他肯定是找对方向了吧?好吧——假设普拉特是凶手。动机是什么呢?没有。梅瑞狄斯突然坐直了身子,轻声吹了声口哨。等一下——这不太对。如果普拉特是和布勒年轻的外甥韦德一起合谋的话,那他的动机可能就有了。韦德知道他是继承人,很可能告诉了普拉特,或者普拉特自己就知道。很好——他们都是赌徒。假如韦德和普拉特都负债累累,欠了浪子杰维斯一大笔钱?这是非常有可能的,无论如何,这些事不久都可以跟浪子本人确认。他们需要钱。但只要布勒在,韦德就不可能拿到那大笔财富。他们是否商量过这件事,然后决定把股票经纪人干掉呢?冷血地计划谋杀他?

如果是这样的话,科顿被杀很可能就是偶然。朗"认错人"的理论是对的。不管是韦德还是普拉特都被那块斑秃误导了——术语是怎么说来着?——"正中"一个错误的靶子。梅瑞狄斯迅速意识到这个理论比其他任何推论都更符合已知事实。韦德和普拉特的合谋。韦德继承的遗产就是奖金。普拉特之所以愿意合谋很可能是因为韦德承诺在布勒死后还清他的债务。他没有打过那针吗啡。第一起谋杀案可能是韦德干的，但当他发现自己杀错人之后，可能害怕起来不敢再动手。除此之外，只让他一个人承担所有风险也不太公平。意识到韦德胆怯起来后，普拉特必须自己担起所有工作。这也解释了为什么两起谋杀案的箭是完全一致的。如果两起案子是由两个人独立完成，完全没有合谋，那么箭头如此相似简直令人难以置信。

但那只羊是怎么回事呢？新理论要怎么解释这起事件呢？是普拉特在山上练习吗？为什么不呢？那把新的钢制弓——他肯定需要适应这把弓不同的地方，毕竟平时打靶练习时用的都是1.8米长的木制弓？在经过大量练习之后，韦德可能在第一次谋杀案中就用了这把弓，然后因为无法再动手，就把这把弓交给了普拉特。

但是，梅瑞狄斯又觉得，要从如此近的距离射杀受害者，练习似乎有些不必要。这是否意味着普拉特改变过计划，也许他觉得从布勒房间动手风险更小？也许他的初始计划也是像科顿案那样，从空房子瞄准射箭的？

梅瑞狄斯的思绪再次回到第一起谋杀案上。他现在开始觉得凶手之所以选中空房子，不仅仅因为它是空的，而且因为房子是韦斯特的。普拉特和韦德肯定听说了股票经纪人玩弄韦斯特的内幕。他们意识到，韦斯特是有动机杀布勒的。但幸运的是，即使错杀了科顿，也没有打乱他们嫁祸空房子房主的计划。毕竟韦斯特更有理由想杀科顿。当然他们无法确保一切细节都能按计划实施，因为说不准韦斯特能提供完美的不在场证明。还有那棵被砍掉的榆树——难道不是普拉特狡猾地怂恿韦斯特去找的有关部门吗？韦斯特成为推动榆树被砍的主要推手无疑又给他留下一个不良记录。应该再问问韦斯特这件事。

但那天晚上韦德是（假设是他杀了科顿）怎么进入空房子的呢？有可能用了万能钥匙，但这么做风险很大，因为需要请专家制作。此外，他是什么时候怎么拿到钥匙的印模的呢？只有两把钥匙，一把在房屋中介手里，另一把在韦斯特手里。但如果韦德不是从前门进去的，他到底是怎么进去的呢？天窗？但要做到这一点，他必须先上屋顶。怎么上屋顶？他不可能通过爬楼去广场左侧——太难太危险了。另外，还有更简单的办法上屋顶。通过1号房或者3号房的天窗，或是菲茨杰拉德家的落地窗？韦德有没有可能溜进这三家中的任一家，偷偷爬上楼梯，从天窗或是那扇落地窗爬出去的呢？马修斯一家都在，菲茨杰拉德家也是如此——但布恩小姐家呢？梅瑞狄斯打了个响指。天哪——没错！布恩小姐家有一整个小时都是空的——谋杀案那晚9点到10点的样子。她不是出去遛狗，后来还看到韦德开车出现在维多利亚路上了吗？那晚很暖和。她很可能有窗户没关。需要问问布恩小姐这件事。

他又想到了另一点——如果韦德真的是开车来的，现在这点似乎已经很确定了，那么在进入空房子作案前，他必须把车停在某个地方。而且得停在一个很近很方便的地方，因为速度很重要，他必须不引起注意迅速离开犯罪现场。也许是在主路哪里，或者就在威灵顿广场的拐角处，毗邻摄政广场的地方。明天他得派几个人去调查所有能俯瞰附近道路的人。可能会有人记得看到过一辆停着的车，或是一个符合韦德长相的人（也许还带着一把弓呢，梅瑞狄斯这么想着）。

他站起身，满意地舒了口气，然后关灯下楼，走进广场。外面星光灿烂，从闷热密闭的房子里出来之后，空气格外凉爽清新。梅瑞狄斯深吸了一口清新的空气，在路灯柱上扣了扣烟斗，然后把烟斗塞进口袋里，带着乐观的心态回到8号房。他觉得这个案子就像今晚的天空一样在过去几个小时里澄澈晴朗了许多。阴云已被吹散，点点星光照亮了未解的黑暗。局长应该会很满意朗的表现。毕竟是他突然扫清了这片阴云。他得好好宣扬一下朗做的这份贡献。真是个有能力又有趣的家伙！

第十七章

浪子杰维斯

　　梅瑞狄斯并没有估错局长对他们的支持，他愿意搁置向苏格兰场求援的想法。一知道朗和警司的新发现，他立刻联系了刘易斯市的福里斯特少校，征得他的同意后，延长了梅瑞狄斯在切尔滕纳姆逗留的时间。正如他对福里斯特说的那样："在经历了一场非常令人不舒服的旅程，现在火车就要到站了，却要把梅瑞狄斯叫回去，这对他来说太不公平了。如果真的能有收获，就让他留下来一起分享吧。"

　　朗对9点钟的交谈结果很满意。因为已经很熟悉梅瑞狄斯和他的工作方式了，他一点都不期待再和苏格兰场来的陌生人一起工作。并万分感慨自己运气不错，及时发现了这样一个关键点，虽然事后看来，其实是一个挺显而易见的线索。一离开局长办公室，梅瑞狄斯就与他分享了昨天一晚上推论出来的全部细节，让朗佩服不已。他自己虽然也怀疑过普拉特和韦德可能合谋犯罪，但绝不会像警司这样形成一个这样有理有据的推论。

"现在要做什么呢？"当梅瑞狄斯结束后，他问道，"去找韦德那辆停着的车吗？尚克斯和弗莱彻可以帮我们搞定这个问题，得花不少时间，我想，但就怕花了不少时间也没有好消息，对吧？那我呢？我去处理韦斯特，你去对付那个母老虎怎么样？这样最合理了，不是吗？"

梅瑞狄斯笑了。"你好像真的很怕那个女人，朗。为什么？"

"她的眼神和我老婆一模一样，"朗眨眨眼说道，"梦见严刑逼供我太太对我来说就是最大的噩梦了。能把我吓醒，吓得汗流浃背的那种。"

"好吧——你去处理韦斯特，看他是否对普拉特或是韦德有所了解。还有立刻派人去调查停车的问题。我去处理你的噩梦。"

朗如释重负地松了口气，然后去找尚克斯和弗莱彻。把任务派给他们之后，朗就走到乔治街去找韦斯特。这次埃米特夫人认出了他，片刻不敢耽搁地告诉他："是的，他在家。左手边的第一道门。你知道怎么走。"

韦斯特还在用早餐，手边放着一本书。"请进。"说着从书中抬头，惊讶地发现是督察进了屋。

"呃——怎么了，督察？事情很严重吗？"

朗亲切地咧嘴笑了笑。

"不是找你的麻烦，先生，如果你是想问这个的话。我是来找你私下聊聊的——仅此而已。你介意我坐在这里问你几个问题吗，先生，你可以边吃边聊？没意见？好的。先生，那我就也不绕弯子直说了——你知道普拉特医生，你曾经的近邻吧？他是一个什么样的人？寡言干练——这是你的感觉？有看到他和韦德在一起过吗？从来没有。好吧，这我一点都不奇怪。你觉得他的财产状况怎么样？看起来不是很富裕。你为什么这么觉得？"朗吹了声口哨。"我明白了。你恰巧知道他买新车还欠了马克斯和雷德伍德几百块钱。很惊讶他们还愿意把车卖给他。是的，当然，这年头哪里都是贷款、贷款、贷款。真的，先生。有传言说他欠了好多人钱。请注意，我觉得这一部分要怪当地的商贩们犯傻，但事实就是这样——他们害怕失去生意，不敢随意冒犯人。哦，不，当然——当然会保密。非常感谢您愿意给我这个时间，先生。别——别麻烦起身了。我自己能出去——至少一天里的这个时间里是没问题的。"

朗夸张地眨了个眼，然后退到门口出去了。他对自己感到很满意。收集到这份新证据，警司应该拍拍他的背以示鼓励。所以普拉特欠了这里很多人钱？这个事实完全符合梅瑞狄斯的最新推论。

一小时后，梅瑞狄斯走进警局。他的脚步很轻盈，他已经尽全力隐藏自己的兴奋和愉悦了。朗分享了他的信息，警司的笑容更灿烂了。

"这是我们的幸运日，朗！"他从督察的盒子里拿出一支香烟点燃，胜利地说道。"你的信息完美吻合。但听听这个。我刚从布恩小姐那天获取到一份口供。如果这都不算关键证据，我就把自己的帽子吃掉。我先问了她6月13日晚上看到韦德开车的事。我想从她那里得到更多细节。我对这里的时间因素特别感兴趣。你知道的，她之前提到这次照面的时候，说的是刚过9:30。而我们从布勒那里获得的证词得知，科顿正好死于9:30。要不是昨晚的事，我从来没有怀疑过韦德是凶手。我们也曾短暂地猜测过他会不会是凶手，记得吧——但我们从来没有认真考虑过这个理论。但这一次，我让布恩小姐更加准确地定义了一下她所说的'刚过9:30'是什么意思。有可能是5分钟，也可能是10分钟。但都不是，朗。她说的'刚过'，是指圣彼得的钟……"

"是指维多利亚路和公园路拐角处那座教堂的钟吗，长官？"朗打断道，急切地不想错过梅瑞狄斯故事里的任何一点信息。

梅瑞狄斯点点头。"那座钟刚好敲过半点。你明白这其中的重要性了吗,朗?"

"好吧,我能看明白一点,"朗费力地开始说道。"如果小韦德在9:30开车路过维多利亚路,那么他就不可能在空房子的窗户边朝他舅舅乱放箭。"

"没错。"

"但天哪,长官,这不是让你的推论露出一个大破绽嘛?"

"是的——但这也让我们离真相又近了一步。我一直很困惑韦德到底会不会射箭。那一箭在状况最好的情况下都很难射中,再考虑到作案时的紧张和兴奋情绪——那一箭简直要称得上杰出。"

"我还是不明白你想说什么?"

"普拉特。是普拉特射的箭——韦德只是幕后的同谋而已。"

"普拉特当时在四月屋,"朗坚定地反驳道。

"没错——我们一直都坚持这个观点,我同意。但我们真的是对的吗?如果我们能证明普拉特比他说的那样要早10分钟离开四月屋——这样……"

"但布莱克夫人似乎很确定他是9:15才离开的。当普拉特问她时间对不对的时候,她甚至将前厅的大钟和厨房的钟比对了一下。"

"我知道,"梅瑞狄斯盯着香烟冒出的一缕烟,沉思道,"但你不觉得这个事实有点奇怪吗,朗?普拉特为什么要这么问呢?他自己有表——一只怀表——我昨晚见他的时候注意到的。他还有一台收音机,我强烈感觉他是那种会定期自己调校手表时间的人。毕竟医生必须准时赴约。那么他为什么要问布莱克夫人前厅的钟准不准呢?"

"是挺奇怪的,我承认。"

"我只是好奇,朗,他之所以问时间是不是为了让布莱克夫人把注意力转向钟上。他的不在场证明取决于她。"

"没错——但听着,长官,你自己也开车往返莱克汉普顿路好几次,证明了他不可能及时赶回摄政广场去作案。你要怎么解释这一点呢?"

"只有一个解释,"梅瑞狄斯慢慢说道,好似急于给他的理论提供强有力的证据。"布莱克夫人的钟快了。两个都是。钟是在普拉特来访前被小韦德调快了的。布莱克夫人出门打电话叫普拉特,正好给了他动手的时间。假设他调快了10分钟。他把两座钟都调快了,可以减轻布莱克夫人对此可能产生的任何怀疑,但这多的10分钟可以让普拉特及时回到广场去作案。"

朗若有所思地揉了揉他的下巴。

"嗯——听着都很合理,但我还是不明白韦德为什么会于9:30出现在维多利亚路。"

"不清楚——这一点我也很困惑。我完全看不出他有什么离开四月屋的必要。"

"是的,而且无论如何,"朗继续略带质疑地说道,"当我们的朋友普拉特到达广场之后,他到底是怎么进入空房子的呢?还有这么个小问题需要解决。"

"没错,"梅瑞狄斯咧嘴笑道。

"怎么?"

"多谢布恩小姐。"

"她又是怎么扯上关系的?"

"她没有什么关系,"梅瑞狄斯利落地回答,"她出门的时候,门没关而已——就这样。1号房的大门。"

"但天哪,普拉特是怎么知道的?"

"因为布恩小姐和无数独居的女性一样生活很规律。还记得她跟我们讲过她晚上遛狗的事吧?总是9点出门,10点回来。总是走同一条路。总是不锁前门,这样她就不用晚上摸黑找锁孔了。她今天承认自己有点近视,但因为太骄傲不愿意戴眼镜……"

"会破坏她的男子气概,"朗蔑视地嘟囔道,"一些女人的虚荣心简直让人难以理解。看她们为了打扮费的那许多功夫,你还以为她们是特洛伊的海伦或是葛丽泰·嘉宝呢。没救了,这些女人。"

"我可以继续吗?"梅瑞狄斯礼貌地问道。

"抱歉,长官——跑偏了。你的意思是普拉特注意到门没关的事了？"

"他当然知道。他还知道布恩小姐晚上9:00～10:00都不在家。所以他只需要进入1号房，通过天窗爬到屋顶，再通过天窗进入空房子。得手之后再原路撤退。合理吗？"

"当然是合理的，"朗承认道，"但可惜我们找不到更多证据。"

"我想我们可以跳过这一点了，"梅瑞狄斯带着一丝合理的自鸣得意继续说道。"普拉特——继续假设我们没猜错的话——普拉特在利用布恩小姐家的时候忽略了一件事。他忘了狗的鼻子有多灵敏。布恩小姐那晚散步回家之后没注意到她家狗的奇怪行为才是怪事呢。她的原话是'不安'——在屋子里嗅来嗅去，最后聚在楼顶天窗下的楼梯平台上。"

"好吧，这简直是——"朗嘴咧大笑道，"我感觉你再继续分析下去，都可以直接从口袋里掏出逮捕令填好发出去了。跟我说说吧，长官——你是怎么做到的！太厉害了。"

"运气，"梅瑞狄斯说，"运气加上你的观察力，朗。或许还要加上一点推理。"

"那么现在我们要做什么？"

"去探个监，和浪子杰维斯聊一聊。我听说他被起诉后申请过保释。"梅瑞狄斯轻笑道。"这样的惯犯是需要好好教训一下了。如果这次的案子没问题,这将是他第五次被判刑。"

穿过一条走廊,左转,石阶往下走几步,就来到拘留所牢房。一名警员带着一大串钥匙出现,帮他们把门打开。浪子坐在牢房远处角落的椅子上,正在看书。他懒洋洋地坐在椅子上,交叉着腿,一条丝绸手帕从他剪裁良好的西装手巾袋里冒了出来。浪子一直都是这副花花公子的样子,而且不管在什么情况下,都不觉得有改变姿态的必要。当警官走进来之后,他优雅地起身,把书摊开来面朝下放在椅子上来做标记,然后自以为英俊潇洒的脸上露出欢迎的微笑。

"有什么需要帮忙的吗?"

"我是梅瑞狄斯——这是朗督察。我们想和你私下聊一聊,浪子。"

"我很乐意帮忙。但我没办法请两位坐下,因为这里没有足够多的座位可供使用——所以如果你们不介意站着的话……"

"我们已经习惯了,"梅瑞狄斯淡淡地笑道,"我都不想说我总共在证人席上站过多少个小时了。一份累人的工作,浪子。"

"这可不是一个非常得当的回答,"浪子回道,"证人席现在是我的一个痛处,梅瑞狄斯先生。我想您应该还不知道谁会审理我的案子吧?"(梅瑞狄斯摇摇头。)"不知道——我想也是。影响非常不同……对某些人的未来来说。那么,我到底能为你们做些什么呢?"

"老实说,浪子——这是一件非常重要的事情。我无法轻率地承诺能帮你的案子做什么,来交换你可能给我们提供的任何信息。你和我们一样清楚,我们不能对法院的判决施加任何影响——但你可能有一些我们需要的信息,浪子,老实说是和一起重案有关。"

"重案吗?"浪子的深色眉毛往上挑了挑,疑惑地问道,"不会是谋杀吧?"

"可能是,"梅瑞狄斯说道,"可能不是。首先,你认识一个叫安东尼·韦德的年轻人吗?"

"从来没听过。"

"这是很有可能的。你从来没听说过他的这个名字。也许你会认得他?"梅瑞狄斯把斯廷斯拍的一张放大版快照递到浪子的眼皮子底下。

"威尔弗雷德·布莱克!哎呀!我太知道他了。"然后狡猾地补充道,"你也认识,不是吗?我听说他是那天晚上在场的人之一……"

"没错,他是。所以他说自己叫布莱克是吗?毫无疑问是取自他房东太太。简直毫无创意,不是吗,朗?"

"要我说的话，简直是厚颜无耻。但对他这样的人也不能期待太多。是个活泼的小伙子，韦德！"

"是你的熟客吧，浪子？"

"差不多来过三四个月吧。"

"算你客人里幸运的吗？"

浪子一脸灿烂："你是说从我的角度看吗？那答案绝对是肯定的。简直是天赐之子，梅瑞狄斯先生。"

"他有欠你什么吗？"

浪子咳嗽了一下，恳求道："拜托，拜托了，梅瑞狄斯先生。这有点过于私密了。"

"一点都不，"梅瑞狄斯轻快地说道，"法庭上肯定也会公布的。你知道再机密的事情也撑不住几轮盘问。但关键是我没有这个时间等值季法庭开庭——所以，浪子，你打算给我们面子吗？"

"哦，好吧。当然，这样非常不专业，但既然你坚持的话。是的——他欠我很多钱。"

"具体是？"

"大约几千英镑吧。也许愚蠢的是我吧，居然允许他承担如此巨额的债务，梅瑞狄斯先生，但干我们这一行的，是不可能不允许赊账的。我……我们这一行的财务状况……自然是非常……"他搓了搓手指，"非常微妙的。我得说，冒犯一位优质顾客从长远来看是非常没好处的"

"没错。如果没办法立刻,那么你必然也期望能在不久的将来看到你的钱,对吗?"

"哦,这是自然。我的所有客户都要么即将继承一笔财富,要么正有大笔收益入账。这是一件大家都心知肚明的事。"浪子狡猾地笑着,挑剔地从他的翻领上弹走一片绒毛。"比如,这位年轻的绅士就向我保证,要不了几天他就能找补回他的损失。当我提议去找他的某位亲人聊聊时,他似乎有些不高兴,因为他非常重视对方的意见。是人都会听到一些消息,我碰巧知道他的这位舅舅是一个非常有钱的人。我确信,虽然布莱克先生不是很赞同我的意见,但他的舅舅一定会非常愿意帮他解决债务问题的。我是说,如果事情曝光了,虽然不太可能,但对这样一位体面的老绅士来说可是一件相当不愉快的事情。我是说,那是他的外甥。人们会这么说的。"

"但你没有冒这个险?"梅瑞狄斯问。

"冒险?哦,我明白你的意思。当然,那位老先生可能会把我当作罪犯。罪犯,一个令人讨厌的词,但我想不到别的表达方式。但你看,梅瑞狄斯先生,在我们这一行就得冒某种……风险。但心理学的知识能有效帮助我减少这些风险。我收集了很多关于这位老先生的信息。我想我真要去找他的话,也不会有事的。"

"但你没去?"

"完全没必要，不是吗？我听说他已经被谋杀了？我立刻就知道布莱克先生可以毫不费力地解决他的债务问题。你明白我的意思吧？"

"再清楚不过，"梅瑞狄斯咧嘴笑道，"简直天衣无缝。那普拉特呢？哦，对了——你从来没听过这个名字。"梅瑞狄斯又拿出一张放大的照片，递给泰然自若的浪子看。"我很想知道这位先生怎么称呼自己。史密斯、琼斯还是什么？"

"瓦特，"浪子迅速说道。

"瓦特！"朗轻声笑道，"我猜是7号房老姐妹的兄弟。非常合适。"

"听着，浪子，"梅瑞狄斯直率地说道，"不需要用这些微妙的措辞来浪费我们的时间了。你知道布莱克就是韦德，不然你也不会知道布勒就是那家伙的舅舅。你也非常清楚普拉特恰好是名医生，你也知道他住在哪里。那么现在，我会直接问你3个问题。普拉特去你的地方有多久了？他和韦德是朋友吗？他和韦德一样，欠你钱吗？"

"他第一次来是3个多月前和韦德一起来的。这回答了你的前两个问题。而他欠我500英镑。您满意了吗，梅瑞狄斯先生？"

"你是否愿意在法庭上作证韦德和普拉特是关系密切的朋友？"

"既然是韦德介绍他来我的地盘的——当然。"

"好的——这就是我想知道的。督察已经记录下我们的对话。你可能已经注意到了?"

"是的。这就是为什么我的措辞这么谨慎的原因。我讨厌结构糟糕的口供,不是吗?我现在该看一遍然后签字吗?"

"如果你愿意的话,"梅瑞狄斯礼貌地说,"要钢笔吗?"

第十八章

惊人的高潮

梅瑞狄斯很着急。3天过去了，案子的进度却停顿了下来。他在韦德不知情的情况下又去了四月屋一趟，重新询问了一遍布莱克夫人6月13日晚上的事情。但她没有提供什么新东西。依然坚持先前的说法，根据前厅和厨房的钟，普拉特是9:15离开的。她不记得第二天有什么地方让她觉得钟有问题；事实上，因为她总是根据收音机来校准时间的，她很确定自己不可能察觉不到15分钟的差异。但正如梅瑞狄斯立刻明白过来那样，没什么能阻止韦德当晚回去之后再把时间调回来。如果他把钟调快了好给普拉特制造不在场证明，那么他应该也会足够敏捷地去掩盖这个事实。不——四月屋无法提供任何未知的线索。从布莱克夫人这边获取到的信息也都是负面的——据她所知，韦德从来没有过车，谋杀案那晚她也没有注意到屋后小巷上有停过一辆车。也许停过,但她没看到。

经过两天时间的密集调查,尚克斯和弗莱彻也空手而回。谋杀发生时,没有人注意到摄政广场附近有停过一辆汽车。也许他们看到过,但也不记得了。要记得7周前发生的事情并不容易,而且无论如何,一辆停着的车也没有什么值得注意的。附近的人大多都有车,他们的朋友也有车,他们的车总是停在宽阔的住宅区道路上。警员们四处打探的普拉特的车型,据众人反应,周围有一半的车都是这样的。这是一款很受欢迎的车型。

"目前的调查结果就是这样了,"梅瑞狄斯思索着,"现在该怎么办呢?"

他思索着仍困扰着他的地方。(1)羊事件;(2)普拉特是如何在不引起布勒注意的情况下成功射杀他的;(3)韦德为什么要溜出四月屋?他一次又一次地推敲着这些问题——如果能澄清这些疑点,也许能进一步指控普拉特——也许是彻底定罪。如果他能证明是普拉特射杀的那只羊就好了——至少这样他有理由申请一张逮捕令?

但普拉特有可能不引人注目地多次开车前往克利夫山吗?他在当地很有名,是高尔夫俱乐部的成员,所以他肯定经常出入高尔夫球场。那肯定也会被熟人认出来吧?如果谈话时提到出门的理由,普拉特可能会借口说去克利夫山拜访病人来掩盖他的真正目的。有必要去高尔夫俱乐部一趟吗？这得极偶然的机会才会遇到有人还能记得在农夫贝茨失去母羊那段时间遇到普拉特往那个方向跑吧？嗯——一个很渺茫的机会，即使真的获得他想要的证据，也没办法证明什么。

然而那天午餐时，他随意问道巴尼特："不知道你在俱乐部的时候，有看到过普拉特开车往温奇科姆方向走吗？特别是最近这几周内？"

"恐怕没有，"巴尼特说，"但俱乐部房子是背对着马路的——所以我的证词几乎没什么意义。我当然在俱乐部碰见过他，偶尔还会和他玩一局四人分组赛。对一个繁忙行医的人来说，他来打高尔夫球的次数还挺频繁的。他现在和热衷射箭一样热衷高尔夫球了。"

梅瑞狄斯突然坐直身子，放下他正要喝的玻璃杯。一个想法正在他脑中萌芽，随着思考的深入愈加清晰。高尔夫。一个高尔夫球迷。高尔夫俱乐部——那会是普拉特的不在场证明吗？他能否不知不觉地从高尔夫球场溜走，然后用带倒钩的箭头练习射箭？梅瑞狄斯真希望能知道更多情况。

他问巴尼特："假设有人想从高尔夫球场去贝茨的农场，有可能在不被注意的情况下做到吗？"

巴尼特疑惑地抬起眉毛，轻声吹了声口哨。"这又是吹的哪阵风？普拉特！天哪，梅瑞狄斯，你不会真觉得是医生吧？"

"也许。如果你能回答的我的问题，我可能会更确定一些，巴尼特先生。"

"哦——好的——我觉得是可能的。比如说，在12洞的地方——左侧的球道有一个突然的下落。那个坡道现在厚实地铺满了金雀花丛，如果有人在下坡走一里地在球场上也是看不到的。"随后巴尼特又叫道，"天哪，普拉特是所有人中最不会被人注意到的！我们一直在开他的玩笑，说他的球总飞出12洞。你看，只要稍微有点弧线，球就很容易直接掉进那片金雀花丛。当普拉特时间有限的时候，比如在两次看诊之间，他常常自己玩球。如果不是和人打的话，他从来不要球童跟着。我现在想起来——普拉特去金雀花丛找球的时候，大家不止一次挖苦过他。这算是俱乐部的一个内部笑话了——普拉特和12洞。"

"所以你觉得，他可能会在四下无人的情况下，假借找球溜走吗？"

"非常容易。没人会注意到他消失了多久的。如果真的有人想过的话，他们可能会觉得他是生气然后自己打包回家了，甚至不愿意玩到19洞。他常常直接去开车。我自己就见过他这样。"

"最近有发生过吗？"

"嗯，这个笑话是上个月在俱乐部传开来的。"

"记得普拉特是什么时候加入的吗？"

"记得——大约是五月中旬。他算是俱乐部里比较新的人。显然他之前从来没有打过高尔夫球——就我看来他还挺鄙视这项运动的。他一直很热衷射箭，所以他出现在克利夫山时把认识他的人都吓了一跳。"

"嗯，"梅瑞狄斯深思道，"我好奇有没有人真的看到过他从球场偷偷溜走。这可能值得一究。"

"也许吧，"巴尼特同意道，"但我们大多数人都热衷于眼睛紧盯着高尔夫球，与比赛无关的东西常常会注意不到。我想你从球童下手会比找俱乐部成员更有收获。毕竟每次你打出一记好球，他们总是看向球道错误的地方。他们的原则好像是看什么都行就是不能看球！真是该死的烦人。"

受巴尼特建议的影响，在发现他午饭后没有事做之后，梅瑞狄斯就让他开车送自己去俱乐部。巴尼特自然对俱乐部一清二楚，指引梅瑞狄斯绕到主楼的背后，去管理人员的棚屋。在相邻的清洁室外面，一群穿着法兰绒裤子和破旧套头衫的不起眼的人漫无目的地在一起闲逛、抽烟和聊天。现在才刚2点，下午的繁忙时段还没开始，所以正如管理人员解释的那样，梅瑞狄斯至少还有半个小时可以用来调查。

"另外，"他补充道，"几乎所有人都在这里。也许有一两个人还在外面,但差不多都齐了。"

在这种情况下,梅瑞狄斯决定进行一次大型询问,在管理人员的命令下,这群无精打采游手好闲的小人物聚了过来,脸上都写满了好奇。梅瑞狄斯上前一步,凑巧站在一个啤酒箱上,开始主持起他的小型会议。

"那么,小伙子们,我需要你们仔细想想。除非你很确定,不然就不要回答。我不想要任何二手的谣言,明白了吗?重点是——警方认为有一名俱乐部成员可能在打高尔夫球的过程中偷溜出去球场,并以此作为他的不在场证明。知道不在场证明是什么吧?"

"当然,"一个尖瘦脸身材瘦削的男人说道,"就是一个人说他在某个地方,但他其实不在。"

梅瑞狄斯咧嘴笑了。

"是的,就是这个意思。在这起案子里,我们觉得这位可疑的先生可能是从12洞附近溜出去的。"

底下响起一阵笑声。球童们似乎和俱乐部成员们一样都觉得12洞是个不错的笑话。

"也许是把球打入长草区了。"

"是的——掉进那片该死的金雀花丛里了。"

"啊,你已经说过了——12洞确实麻烦得很。"

"你好像对那片区域很熟悉,"梅瑞狄斯说道,"那里有很多金雀花,对吧?球很容易掉进去,然后得花很多时间去找球。"

"但永远找不到，"一个声音说。

"没错——但我想知道的是——你们有没有看到过有俱乐部成员球打到一半，然后从那个地方偷溜到山上？想一想。我不会催你们。记得我只要第一手信息。"

人群一阵沉默。梅瑞狄斯焦急地等待着。他是不是又要空手而归啦？机会确实很渺茫，但他遇到过类似的情况——他突然抬起头。人群里出现一丝骚动，一个穿着打着补丁的费尔岛毛衣、旧军队马裤的高个子，拖沓着脚步，推开人群，煞有介事地走到最前面。

"嗯——你是有什么要说的吗？"

"是的。"

"好的。我们进去聊一下吧。"

走进管理人员的房间里，关上门之后，梅瑞狄斯道："说吧？"

"我见过有人像你说的那样溜走了。那是六月末的样子吧，如果我没记错的话。我当时在多刺的灌木丛里找球，然后看到有人在坡下做同样的事情。他背着一个包，所以我知道他是俱乐部成员。"

"我明白了。还有呢？"

"然后，有几次这个人——我不能说他的名字——这个人会抬起头打量一下四周，像一只受惊的野兔那样，然后以为没人注意到他,迅速从一条通往贝茨家的小道逃走——就是农夫贝茨,恐怕您不是特别熟悉这一带。"

"还带着他的包吗?"

"哦,是的——还带着他的球杆呢。这就是最让我印象深刻的地方。"

"你有看到过他回来吗?"

"没有。虽然我可能半个小时左右就回到棚屋这边来了,但我从来没有再见到过这位先生。"

"但你认识他?"

"我没有说认识,也没说不认识。"

梅瑞狄斯鼓励道:

"你没有必要担心这一点。怎么称呼?"

"亚当斯。尼克·亚当斯。"

"当然,亚当斯先生,你会觉得自己不应该透露俱乐部成员的信息。你给普拉特医生当球童的时候,他可能给你的小费很充足。你觉得泄露他的信息不是很合适。是这样的吗?"

"对,我就是这么想的。我不止一次地给医生当过球童,他出手总是很大方。我不是说那个人就是他。但我肯定不能对不起他,对吧?"

"不,你并没有对不起他。"梅瑞狄斯努力一本正经地评论道。"但我想您可以为自己的忠诚感到骄傲,亚当斯先生。"

"什么,我不知道您什么意思,但我母亲总是说'己所不欲勿施于人'。我看见了某个人——我就知道这么多。我只能告诉你这么多,您不能逼我说是谁。"

匆匆感谢过尼克·亚当斯后,梅瑞狄斯赶到巴尼特停车的地方,他正等在那里。当他一屁股坐在副驾座位上后,开始疯狂大笑。巴尼特困惑地看着他。

"什么事这么好笑,梅瑞狄斯?运气怎么样?"

"运气,"梅瑞狄斯边笑边叫道,"我得说!那可真是一位模范证人。如果我要还看不出来案子是要开始收尾了,那我真是傻透了。"

梅瑞狄斯仔细思考着这份新证据,越想越清楚地认识到它的重要性。当然,稍后他需要尼克·亚当斯签署一下他的供词,但现在他还不想吓到他的证人,怕他不配合。这种头脑简单的人,你越是强迫他们做什么,他们越是抗拒。他看见的人就是普拉特,这点梅瑞狄斯并不怀疑。他获取到这部分证据的方式让他对此非常确定。此外,他询问高尔夫球袋的事情也并不是没有缘由的。普拉特溜走的时候肩上还挂着包。为什么呢?因为他想要躲开刻薄的俱乐部同伴偷偷练习射箭吗?嗯,医生很可能会这么为自己辩护。但检方还有一个很好的反驳点——一个合理的可以证明对方有罪的点。一把可折叠的钢制弓箭,拆开来的时候，恰好可以不显眼地装进高尔夫球袋里。毫无疑问，普拉特在为自己制造滴水不漏的不在场证明方面相当聪明。要不是在其他地方露出了马脚——比如，突击检查浪子的赌场时被认了出来——不然，警方是完全没有理由把普拉特医生与发生在贝茨农庄的神秘母羊射杀案联系起来的。

回到8号房他自己的房间后，梅瑞狄斯重新思考了一下仍困扰着他的地方。之前有三点——三个很重要的地方。现在只剩两点了。科顿被谋杀的那晚，韦德为什么要离开四月屋，然后9:30被布恩小姐看到开车出现在维多利亚路上？普拉特是如何在如此近的距离内射杀布勒的，而且完全没有引起对方的注意？他想先考虑韦德的问题。

韦德偷偷离开四月屋的原因必然和谋杀有某种联系。他在普拉特的计划中肯定起到了某种至关重要的作用。他很可能调快了时钟。到目前为止都没有问题——但为什么要费尽苦心搞这样的把戏不让布莱克夫人知道呢？他假装生病，假装注射吗啡，还有普拉特的严格叮嘱他不能被打扰。还有那辆车？为什么有一辆车？谁的车？偷的吗？警方并没有收到有车丢失的报案。借的吗？跟谁借的？在韦德朋友圈里，谁有车呢？也许是他在"丁香屋"认识的某个人？也许就是普拉特？不——普拉特自己也需要用车从莱克汉普顿路赶回摄政广场。真奇怪那天晚上没人注意到他有停过车。肯定有人从窗户或是什么地方看到……

梅瑞狄斯猛地直起身！普拉特的车！是这个原因吗？天哪——没错！该死的为什么他之前没想到过这个问题？他已经知道医生在谋划除掉布勒的冷血阴谋上是多么的周全仔细。他一定考虑过他的车被广场附近居民认出来的可能性。所以他做了什么呢？在他通过布恩小姐家的前门和天窗进入空房子的时候，为了避免停车的麻烦，所以一直让车跑着。韦德开车载他过来的！肯定就是这样子。没错，当医生在前厅和布莱克夫人交谈的时候，韦德从卧室窗户溜了出去，从房子后面的花园门出去，然后绕到莱克汉普顿路上。随后溜进医生停在外面的轿车里，很可能藏在后座的地毯下。普拉特出门。布莱克夫人看到他的空车。普拉特开车离开。一离开四月屋，他们就交换位置，韦德开车，普拉特坐在他旁边，随时准备冲出去，溜进布恩小姐打开的门，那把带托座的弓和有倒钩的箭可能被他小心翼翼地藏在雨衣里。快到广场角落的时候，韦德放慢了速度。普拉特迅速查看了一下周围是否安全，几步走到1号房的台阶前。韦德开车离开，一直开到预定的时间，再开车回到广场。普拉特安全地在布恩小姐家看着他回来。普拉特再溜出来，接手驾驶位，让韦德自己要么乘公共汽车要么步行返回四月屋。这个理论哪里有缺陷吗？肯定能站得住脚吧？

"无论如何，"梅瑞狄斯高兴地想着，"至少有进一步调查的方向了。现在不是有没有停车的问题。我们得调查看看有没有人看到过一辆车减速,让一位乘客下车,乘客手上很可能还搭着一件外套。"

他立刻决定去1号房附近看看。然后马上发现了一个重要事实。几乎是正对着布恩小姐家,有一条汇入主路、横穿广场的小路。这条路是直角切入,两端有两座位于角落面朝主路的房子,路口正好挨着两栋房子花园高高的砖墙。砖墙!没有可以俯瞰外面的窗户。所以普拉特肯定是在这里下的车了?但附近有人注意到这个事实吗?嗯,一项需要派给尚克斯和弗莱彻的任务——根据新出现的观点再挨家挨户调查一下证人。

他走到克拉伦斯街,发现朗正暴躁地写着一份关于轻盗窃罪案的报告。

"真是浪费我的宝贵时间,本来可以用来调查重案大案的。有什么进展吗,长官?"

梅瑞狄斯解释了一下他这几天做的事。朗瞬间被折服了。他马上派人去叫尚克斯和弗莱彻,好在他们现在都在局里,然后立刻派他们出去寻找佐证。他转向梅瑞狄斯。

"直接申请逮捕令怎么样?不觉得我们手上的线索已经够了吗?我们看看局长怎么说?"

他们一起去了局长办公室,梅瑞狄斯向他汇报了案情的最新进展。他也很佩服梅瑞狄斯的发现,但因为明白兹事体大，对签发逮捕令持谨慎态度。

"我不是说不能签发逮捕令。就我看来，凶手无疑就是普拉特，但我希望是证据确凿的，梅瑞狄斯。匆忙行事总是会有疏漏。你们最好派人盯着普拉特，以防他收到风声防备起来。一组机动的，盯着他的车。一组驻扎在你朋友家，如果他不反对的话。在此期间，尚克斯可能会带回来一些决定性证据。如果有新证据出现，立刻通知我，我想这时候我们就可以冒这个险，去起草逮捕令了。"

"好的，长官。多谢。"

在经过两天详尽的盘问之后，尚克斯和弗莱彻再次空手而归。三四天过去了——依然没有进展。普拉特好像回归到了他的日常中，虽然毫无疑问担心着与浪子杰维斯有关的那起即将进行审判的案子，但除此之外，依然是惯常的在高效率治病救人中。

但在最出人意料的时候，高潮来了。局长有先见之明布局的"机动组"成了医生失败的关键。他怎么能预料到周六晚上开车出门的时候，还会有戴着头盔、护目镜、骑着摩托车的年轻人故意跟着他呢？他开车穿过小镇，越过铁路，沿着主路往斯特劳德方向驶去。跟在他身后有一定距离的地方，是一个戴着护目镜、骑着嗡嗡响的摩托车、看上去毫无恶意的年轻人。他们一路驶过歇尔丁顿，路过十字路口立着的汽车协会的电话亭，左转离开右手边的布罗克沃斯，沿着蜿蜒的山毛榉覆盖的丘陵山路一路往上往路牌指向的克拉汉姆驶去。普拉特在这里拐了个弯，沿着林荫道钻进了这片出名的森林里。在距离附近小村庄大约两公里的一个荒凉的地方，他停了下来，把车停在了路旁的树下。他关上车灯，静静等着。一辆嗡嗡响的摩托车开了过去，车灯掠过他的车。普拉特缩了回去，听着引擎的声音越来越小。然后他飞快从后座拿出一把铁锹和一个小小的牛皮纸包裹。他尽可能静悄悄地往树林深处走去，在一块小空地旁停了下来，然后开始挖洞。他把挖出来的土堆在一边，把包裹放进洞里，然后开始把土放回去，再用脚重重地把土踩实。

"哇哦。这是在干什么？"

刺眼的手电筒光直直照着医生的眼睛，让他完全看不清眼前。他一声惊呼，手中的铁锹掉了下来，一动不动地在原地僵住了好一会儿。他似乎完全被打垮了的样子。然后他咒骂了一声，跳到一边，开始往树林里跑。但被一簇长在低洼处的树莓绊倒，重重地摔在了地上，戴着皮革头盔的年轻人俯视着他。

"又不是条子。你最好安静一点。"

"你到底是……"

"警察——懂了吗？"警员一手扭住医生的手臂，一手在口袋里摸索着。他掏出一副手铐，手铐在掉在地上的手电筒光芒的照耀下闪闪发光。

"天哪——你不能,"普拉特叫着,以超人的力气挣脱开来,挣扎着站了起来。他的手指在背心口袋里摸索着,但警员比他快了一步。手铐迅速铐在他的一个手腕上,又挣扎拉扯了一番,另一只手也被铐住了。一个小小的白色物体从医生无力的手中滑落下来,恰好掉在手电筒前面。警员把它捡了起来,嘟囔道,"这就是你的小把戏吗?"然后小心地把它收在胸前的口袋里。

20分钟后,里奇韦上校联系上了克拉伦斯街的值班警长。

"是的——大概离斯特劳德主路两三百米的地方。拐向克拉汉姆的岔路口。我开过去的时候觉得他不大对。需要你们派人尽快赶过来。他现在正舒舒服服地待在车里呢,但需要人把他弄回去。我叫威尔逊。明白了吗?事情你都清楚了吧。建议你联系——等一下——你记一下。是的——朗和梅瑞狄斯。没错。明白了吗?我现在回去看着他,等你们来。"

第十九章

尸　检

"好吧,"当警车欢快地在斯特劳德路上嗡嗡行驶着时,朗眉开眼笑道,"看起来这就是大结局了吧?当场抓个正着!这是上天的恩赐!但只有天知道这位大人物到底在克拉汉姆森林耍什么猴把戏。嗯,我想我们很快就会知道了。"

警车猛地滑向路边,一阵尖锐的刹车声响起。梅瑞狄斯跳下车,朝静静停着的轿车走去。

"威尔逊吗?"

警员简练地汇报了一下情况,还压低了嗓门,避免被普拉特听到。梅瑞狄斯迅速做出决定,拿出在离开克拉伦斯街前匆匆起草好的逮捕令。

"普拉特——有什么要说的吗?你知道的,正常流程。你所说的任何话都将被记录下来,并可能作为呈堂证供。"

"无可奉告,"普拉特沙哑地说。

"好吧,"梅瑞狄斯轻快地说道,这时朗也走了过来。"把他带到另一辆车上去。他当然会被拘留。明白了吗,普拉特?明天你将被指控谋杀科顿上尉和爱德华·布勒。还是无可奉告吗?"

普拉特默默地摇了摇头。

随后,他开口道:"我保留自己……"

"当然,"梅瑞狄斯打断道,"你有权利为自己辩护,但我们现在不能聊这个。"他转向威尔逊。"那么现在,警员,我们去看看吧。"

两人走进树林,一直走到躺着铁锹的小空地上。梅瑞狄斯默默捡起铁锹,开始非常小心地挖起来。几分钟后,他伸手把牛皮纸包裹从洞里扒出来。然后更加小心谨慎地把包裹打开,在警员的手电筒光下检查里面的东西。

他随后惊呼道,"天哪!这到底是什么?这里,朗!朗!快来看看这东西。"

督察从黑暗中走出来,他笨拙地穿过灌木丛,一路磕磕绊绊、骂声不断。

"喂。喂!现在是有什么麻烦吗?"

梅瑞狄斯伸出双手,把包裹在手电筒灯下摊开来给他看。

"你怎么看这个包裹,朗?"

"一把手枪,不是吗?某种老式的大口径短枪。你不会是想骗我有人会疯到用这玩意儿?从800米远的水泥防空壕里我都不会用这东西,即使是用电力驱动的——除非有人付钱给我,不然我是绝对不会这样做的。"他凑近了看,一贯开朗的脸上露出困惑的表情。"还有一个玻璃杯——碎掉的玻璃杯。这都是什么意思啊,长官?"

"我模糊有个想法,朗,但我想先等仔细调查完这里之后再分享我的意见。但有一件事我很确定——这张牛皮纸里包着的东西足够我们给普拉特判两次刑了。还有别的事情吗,威尔逊?"

"有的,长官——这个,"威尔逊说着,在胸前的口袋里摸索着,然后捞出一个小小的白色物体,就是从被捕的人手中掉落的那个东西。梅瑞狄斯摊开手接了过来。

"呃——好像是某种药片,"朗观察道,"像是阿司匹林。"

"不是好像,"梅瑞狄斯笑着纠正道,"这就是药片。但我猜肯定不是阿司匹林。你怎么找到这个的,威尔逊?"威尔逊解释了一遍。梅瑞狄斯低声吹了声口哨。"自杀吗?这可怜虫看到你出现在他的挖洞派对上后,肯定就知道他的好运气到头了。好奇他选的是什么毒药?我们必须马上分析一下这个药片,朗。拿一小块牛皮纸来。"

回到克拉伦斯街,虽然时间已经很晚了,但案情才刚刚开始有变化。法医匆匆赶来做分析，不仅要分析那个白色小药片，还有碎玻璃杯上的白色斑点。局长还在等着朗和梅瑞狄斯回来。他们围着局长的办公桌站了一圈，桌上正放着那把奇特的手枪。

"毫无疑问，这是他在第二起案件里用的东西。"梅瑞狄斯说着，"他可能不是一开始就是这个想法，因为我们都知道在科顿被杀之后，他还在山上练习过用钢制弓射箭。您可以自己看看，长官。枪管里有一个强力弹簧，扳机前面安着一个可以在开火前固定弹簧位置的枪栓。他只需要固定好弹簧，往枪管里填上箭，然后扣动扳机。就这么简单，不是吗？"

局长表示赞同。

"也方便隐藏，"他评论道，"很容易藏在外套的内衬里。"他讽刺地笑了笑。"我们的朋友第二次不打算犯任何错误。我想，第一次认错人就让他的神经足够紧张了。被害人还是坐着的！更不会出错！"

"但是，"梅瑞狄斯平静地说道，"我不觉得他是用这个装置杀了布勒的。"

"什么！"朗和局长异口同声地叫道。

"等纽瓦克医生完成他的检测，我就能知道准确答案了，长官——但在那之前，都纯粹只是我的猜测而已。"

"所以你的理论是什么？"局长问道。

"布勒是被毒死的，"梅瑞狄斯坦白说，"箭头进入他脑袋前，他就已经死了。正如你刚才说的那样，第二次普拉特不想冒任何险。我想科顿的失误一定把他吓坏了。记得他在空屋子射完那一箭之后，看到的第一个人就是他以为已经被他杀死的人——布勒！那家伙神经可真坚强。重点是，如果只依赖这把弹簧枪，他永远无法确定是否有机会用得上。作为主人的布勒很可能会招手让他坐下，并且两人一直面对面坐着。尴尬吧，先生们？你不可能掏出那么大一把枪，瞄准对方，还能在完全不引起对方注意的情况下开火？"

"说得没错，"朗喃喃道，"你这么说起来，那枪就跟榴弹炮一样醒目。"

"但有一种方式，"梅瑞狄斯继续说道，"可以让普拉特在不引起一丝怀疑的情况下成功谋杀布勒。布勒有消化不良的毛病。普拉特给他开了一些解酸的药片在饭后直接服用。甘尼特夫人总是在布勒书房的吸烟桌上给他放杯水，一起放在桌上的还有他的药盒。根据布勒谋杀案当晚收集到的证词表示，这杯水当时没有准备好。甘尼特夫人以为她准备好了——但表面上看，她错了。我之所以说表面上看，先生们，是因为我其实倾向于管家没有错。晚餐后，当普拉特和布勒走进书房时，那杯水确实在桌上。对普拉特来说自然是……"

"递给可怜的老布勒一片泻药或是别的什么，"朗叫道，突然明白过来警司推论的方向。"他没有给他一剂治消化不良的药，而是塞给他一剂老鼠药，然后静静地站在旁边等药见效。"

"差不多是这个意思，"梅瑞狄斯咧嘴笑道，"虽然我更倾向于毒药——不管是什么——是先被下在水里的，普拉特递给布勒的确实是他平时在服用的药片。"

"所以你的重点是什么呢，梅瑞狄斯？"

"我的意思是，长官，因为普拉特想要瞬间见效——浓缩药片的发作速度不够快，但一剂这个东西，即使是溶解在水里的，也足以让布勒瞬间致命。他甚至可能提前准备好了一瓶液体毒药。布勒把那东西喝下去，而普拉特以一贯精明谨慎的态度把用过的水杯塞进他的口袋里。等毒药发作后，他再扣动扳机把箭射入死者的脑袋里。"

"也是为了混淆视听，"局长赞同地点头道，"营造一种布勒是被从广场对面射出的箭杀死的假象，就和科顿一样。"

"正是如此，长官。他甚至试图通过调整箭杆的角度，来伪装箭是从空房子射出来的。而这，"梅瑞狄斯总结道，"就是他的不在场证明。他在布勒家——因此——他不可能出现在广场上的其他地方。"

"因此，"朗说道，"他就该死的不可能是凶手。"随后用一种无限质疑的语气,伴着一个刻意夸张的眨眼说道:"去你的吧!"

有人轻敲了一下门。纽瓦克医生走进来。三个脑袋同时疑惑地转向他。

"怎么样?"局长说。

"佛罗拿[①],"纽瓦克简洁地回答道。"一片大约是1.3克。沉淀在玻璃杯碎片上的也是同一物质。当然,不能准确判断液体里加了多少克的药剂。"

"不会引起痉挛,或是有腐蚀性吗?"梅瑞狄斯焦急地问道。

纽瓦克摇摇头。

"产生的外部效应非常小,如果你是想问这个的话。"

"我确实是想问这个,"梅瑞狄斯微笑道。他转向局长。"您觉得我的推理现在能站住脚了吗,长官?"

局长慢慢点了点头。

"一切都指向这个结局,梅瑞狄斯。如果你能提供足够的佐证,我可以申请掘尸。那么所有谜团都将被彻底解开。普拉特不可能翻案了——就我看来。"

在申请必要的许可前,梅瑞狄斯和朗又努力收集到了三份证据。碎掉水杯的大小、厚度和形状都和6号房使用的水杯一致。甘尼特夫人说这是一套新杯具,总共有12

---

① 佛罗拿(Veronal),一种安眠药。

个。但6号房里只有11个。最后,在普拉特的晚礼服左手口袋的内衬里,发现了无可否认的佛罗拿痕迹。

尸体被挖出来,进行了尸检。体内发现了佛罗拿。

"这说明了一件事,"朗缓慢而沉重地说道,"事情往往不是表面看起来的样子,表面看起来的样子往往都是假象。"

梅瑞狄斯表示同意。

全书完

大英图书馆
LIBRARY BRITISH
侦探小说黄金时代经典作品集

《女侦探》

《圣诞老人疑案》

《动物园谜案》

《帕洛玛别墅的秘密》

《维尔沃斯花园案》

《飞行疑案》

《牛津谜案》

《豕背山奇案》

《海峡谜案》

《地铁疑案》

《湖区疑案》

《银色鱼鳞谜案》

《康沃尔海岸疑案》

《切尔滕纳姆广场疑案》

图书在版编目（CIP）数据

切尔滕纳姆广场疑案 /(英) 约翰·布德著；张靖敏译.
— 北京：中国青年出版社，2020.1
书名原文: The Cheltenham Square Murder
ISBN 978-7-5153-5929-8

Ⅰ.①切… Ⅱ.①约… ②张… Ⅲ.①侦探小说—英国—现代 Ⅳ.①I561.45

中国版本图书馆CIP数据核字（2020）第013482号

北京市版权局著作权合同登记号
图字：01-2019-2471
This edition published 2016 by
The British Library
96 Euston Road
London NW1 2DB
© The British Library Board

责任编辑：彭岩　刘晓宇

*

中国青年出版社 出版　发行

社址：北京东四十二条21号　邮政编码：100708
网址：www.cyp.com.cn
编辑部电话：（010）57350407　门市部电话：（010）57350370
北京中科印刷有限公司印刷　新华书店经销

*

889×1194　1/32　9.625印张　140千字
2020年8月北京第1版　2020年8月北京第1次印刷
定价：42.00元

本书如有印装质量问题，请凭购书发票与质检部联系调换
联系电话：（010）57350337